Sous le soleil de l'Ouest

Inge Israël ◆ Paule-Marie Duhet ◆ Jean Lafontant ◆
Noémie Trouvère ◆ François Lentz ◆ H.G. Francq ◆
Elizabeth Maguet ◆ Annette Saint-Pierre ◆
Paul-François Sylvestre ◆ Tatiana Arcand ◆ Simon Boivin ◆
Geneviève Montcombroux ◆ Lois Braun ◆

Merci au Conseil des Arts du Canada et au Conseil des Arts du Manitoba pour l'appui financier apporté à la publication de cet ouvrage.

Maquette de la couverture : Réal Bérard

Directeurs : Annette Saint-Pierre et Georges Damphousse

Dépôt légal à la Bibliothèque Nationale d'Ottawa
4e trimestre 1988

Sous le soleil de l'Ouest

Inge Israël ◆ Paule-Marie Duhet ◆ Jean Lafontant ◆
Noémie Trouvère ◆ François Lentz ◆ H.G. Francq ◆
Elizabeth Maguet ◆ Annette Saint-Pierre ◆
Paul-François Sylvestre ◆ Tatiana Arcand ◆ Simon Boivin ◆
Geneviève Montcombroux ◆ Lois Braun ◆

Éditions des Plaines
C. P. 123
Saint-Boniface (Manitoba)
R2H 3B4

Canadienne depuis 1958, Inge Israël a vécu "un peu partout" dans le monde. Elle habite maintenant Edmonton et elle fait encore de fréquents séjours à l'étranger. Deux recueils de ses poèmes, Réflexions et Même le soleil a des taches, ont été publiés en France (Éditions Saint-Germain-des-Prés); ses nouvelles ont été lues à la radio par la CBC au Canada et la BBC en Angleterre; ses écrits (surtout de la poésie) ont été publiés dans de nombreuses revues au Canada, en Angleterre, en France, etc.

TANTE MOLL

Inge Israël

À entendre ma mère, on aurait cru que tante Moll était une pute. Elle n'était pas vraiment ma tante mais tout le monde l'appelait par ce nom qui lui convenait.

— Elle est sale et en plus elle a l'esprit sale!, disait ma mère lorsqu'elle voyait tante Moll passer sous notre fenêtre, en balançant ses formes solides sur de hauts talons qui faisaient ressortir les muscles de ses mollets rebondis. Selon ma mère elle portait des jupes trop courtes qu'elle faisait virevolter de façon provocante.

Une fois, en rentrant l'après-midi, tante Moll me vit assise sur les marches du perron devant la maison. Comme c'était après la

3

sortie de l'école, mes nattes étaient défaites, et j'avais remonté au-dessus de mes genoux la jupe réglementaire que je portais encore. Tante Moll me dit en riant :

— Attention, mon petit chou! Avec des cheveux pareils et ces jambes-là, tu finiras pas briser le coeur des hommes.

Je me levai en toute hâte et je retins mes cheveux derrière ma tête. À ce moment-là, ma mère était occupée à désherber la plate-bande de soucis qui bordait un petit bout de jardin. Comme elle ne savait pas l'anglais, elle me demanda ce qu'avait dit tante Moll. Pour la première fois, je mentis volontairement à ma mère, en lui répondant :

— Je ne sais pas.

*　*　*

La famille louait dans la rue Wicker une partie de la maison de tante Moll, c'est-à-dire une petite pièce au rez-de-chaussée et deux pièces au premier étage. Nous partagions avec elle la cuisine et la salle de bains. Nous n'aurions pas pu trouver ailleurs une location à si peu de frais, mais nous avions des obligations envers tante Moll. Ma mère en ressentait beaucoup d'amertume; elle voulait toujours être de ceux qui donnent et elle se sentait profondément blessée d'être de ceux qui reçoivent.

La première fois que Monsieur William Connor frappa un coup en soulevant le marteau en cuivre de notre porte, ce fut ma mère qui alla lui ouvrir. Elle m'appela aussitôt pour lui servir d'interprète. Si elle n'avait pas trouvé que le visiteur était un gentleman, elle ne se serait pas donné cette peine.

Son chapeau qu'il tenait avec déférence contre la poitrine, sa cravate d'un bleu discret, peut-être même sa corpulence, et sans doute son regard inébranlable pendant qu'il s'adressait à ma mère lui en imposèrent. Elle faisait grand cas de si oui ou non, on la regardait dans les yeux en lui parlant.

Monsieur Connor voulait nous aider à assurer notre avenir. Selon lui, l'avenir était affaire de chance et on ne pouvait jamais compter dessus. Il souriait d'un air patelin. Il n'aurait pu dire plus vrai. À peine une année s'était-elle écoulée depuis notre arrivée en Irlande, après avoir quitté l'Europe continentale où la guerre avait éclaté, que nous avions été obligés de laisser notre avenir derrière nous.

Même lorsqu'il apparut que Monsieur Connor était un agent d'assurances, son charme séduisant et ses mots justes ne pouvaient être écartés à la légère. Ma mère lui demanda — et je traduisis en anglais — s'il pouvait revenir quand mon père serait rentré? Et puis ma mère, à son tour, fit un peu de charme, et dit en riant que l'avenir était une chose qu'elle laissait à Dieu et à son mari. Le visage de Monsieur Connor rayonnait. Bien sûr, bien sûr, il se ferait un plaisir de revenir. Et puis il me dit, en regardant ma mère :

— Dis à ta mère qu'elle est une grande dame. En s'inclinant, il remit son chapeau et sortit.

Ma mère ferma la porte, monta directement au premier étage et, de la fenêtre, suivit des yeux Monsieur Connor jusqu'au bout de la rue Wicker.

— C'est un gentleman dans toute l'acceptation du terme! affirma-t-elle, se parlant à elle plutôt qu'à moi. Je suis contente qu'il n'ait vu que le devant de la maison. Imagine-toi ce qu'il penserait de nous s'il avait vu l'autre côté!

L'arrière-cour, comme toutes celles du quartier, avait l'air d'un dépotoir. Il y avait des lieux d'aisance, des appentis pour le charbon et, éparpillés ici et là, des débris de fer et autres épaves. La cour du boucher, qui formait un angle droit avec la nôtre, comprenait un bâtiment où il faisait fumer des saucissons. Parfois, de la fenêtre de l'arrière, je voyais sortir sa vieille mère; au plein milieu de la cour, elle levait ses jupes et faisait ses besoins.

— Elle ne semble pas porter de culotte, dis-je un jour à ma mère.

— Des cochons! répondit d'une voix scandalisée celle qui utilisait rarement des mots aussi corsés.

N'aimant pas côtoyer cette saleté, je me détournais de tout ce qui puait : l'odeur fétide des chats, de l'urine, du fumier, de la pourriture, et l'humidité infecte qui pesait partout. La pluie qui tombait par intervalles améliorait temporairement l'aspect désagréable du lieu, sans pour autant en effacer la misère.

Monsieur Connor revint le soir même et mon père se retira avec lui dans la petite pièce du rez-de-chaussée. Ils y restèrent enfermés un bout de temps. Alors que la voix basse de mon père n'était qu'un bruit sourd derrière la porte, celle du visiteur retentissait, très claire, ponctuée d'éclats de rire. Ma mère passa plusieurs fois devant la porte; une fois ou deux, elle leva la main pour en tourner la poignée. Aussitôt, elle laissait retomber sa main et s'éloignait.

Quand les deux hommes réapparurent et que mon père accompagna Monsieur Connor jusqu'à la rue, ma mère se joignit à eux et souhaita le bonsoir à l'agent d'assurances. Il s'inclina comme il l'avait fait, le matin, et je vis la lumière du vestibule se réfléchir sur sa tête chauve. Il sortit quelques cigares de sa poche et en offrit un à mon père.

— De véritables Havanes! chuchota-t-il en aparté. On ne peut se les procurer à aucun prix, comme vous le savez. Y'a un type qui me les vend en cachette.

Mon père parvint à lui accorder un de ses rares sourires en disant :

— Non merci. Je ne fume pas...

— Et madame, alors? Pas de cigares, naturellement.

Monsieur Connor éclata de rire et sortit d'une autre poche une boîte de Cold Flakes. Des cigarettes à la ration et difficiles à trouver. Il insista pour que ma mère gardât la boîte. Soudain timide, ma mère regarda mon père qui traduisit pour elle les mots de Monsieur Connor : Il faut bien fêter les affaires qu'on fait ensemble. Après quoi, ma mère accepta le cadeau. Ensuite, il prit congé de mes parents en promettant de revenir quelques jours plus tard avec le contrat.

À la visite suivante, ce fut tante Moll qui ouvrit la porte. Sa permanente d'un blond criard luisait sous les rayons lumineux. Il était évident que les deux ne s'étaient jamais vus; néanmoins, ils s'entendirent immédiatement comme larrons en foire, et ils auraient sans doute continué à faire la causette si Monsieur Connor n'avait aperçu mon père qui rôdait au fond du couloir en l'attendant.

— Peut-être que moi aussi je prendrai une assurance chez vous, disait tante Moll, la souillure épaisse du rouge à lèvres s'épanouissant en un large sourire. Venez me voir quand vous en aurez terminé avec Monsieur.

— Je ferai du zèle! répondit Monsieur Connor en se dirigeant vers mon père.

— Que dit-il? demanda ma mère.

Hélas! moi non plus je n'avais pas compris.

Après son entretien avec mon père, Monsieur Connor frappa avec délicatesse à l'entrée du salon de tante Moll; d'ailleurs elle avait laissé la porte grande ouverte. Dès qu'il eut pénétré à l'intérieur, tante Moll ferma la porte, mais on pouvait les entendre parler et rire. Quand il sortit enfin du salon, il se heurta presque à ma mère. Tout souriant, il s'excusa mais ma mère ne lui offrit que sa mine la plus hautaine... comme s'il l'avait mortellement offensée.

Lors de sa visite à tante Moll la semaine suivante, ma mère monta au premier étage avec ostentation et d'un air dédaigneux. Elle fit de même à chacune de ses nombreuses apparitions.

*   *   *

Je détestais de plus en plus la saleté qui nous entourait mais je n'en étais pas aussi troublée que ma mère qui faisait plusieurs fois sa toilette dans la journée. En dépit de tous ses soins, elle était persuadée qu'une odeur désagréable s'attachait à elle; quant à moi, j'étais sûre qu'elle l'avait seulement dans les narines.

Il n'était guère facile de se laver dans cette maison. Il fallait d'abord faire du feu dans la cheminée de la cuisine avec de la tourbe et du mâchefer toujours mouillés. Même quand l'eau était enfin chaude, nous ne prenions pas un véritable bain; nous nous accroupissions près du robinet et nous nous lavions sous l'eau courante, car ma mère avait beau récurer les anneaux profondément incrustés dans la baignoire, elle ne parvint jamais à les enlever.

La plus grande de nos chambres à coucher au premier étage était la seule pièce bien aérée et bien éclairée. Elle nous servait de salle de séjour, et nous y montions même les repas que nous prenions en regardant par la fenêtre.

C'est ainsi que nous pouvions voir Monsieur Connor un bon moment avant d'entendre le bruit du marteau de la porte, ses jours de visite chez tante Moll.

— Le voilà encore! remarquait ma mère d'un ton réprobateur.

S'il nous apercevait, il nous saluait de la main; ma mère baissait la tête subitement en faisant mine de ne pas le voir.

Parfois je le rencontrais; il me souriait et me disait toujours des mots agréables. Je le trouvais de plus en plus sympathique et, puisque je n'avais pas encore d'amis, j'aurais aimé être assez grande pour pouvoir "acheter" de l'assurance chez lui. Le mot "assurance" était réconfortant à entendre et, comme Monsieur Connor en vantait les bienfaits, cela l'entourait d'effluves très particuliers. Je m'efforçais de découvrir ce que ma mère reprochait à cet homme; d'autant plus qu'au début elle l'avait trouvé très comme il faut, mais cela me dépassait.

*   *   *

Ma mère était une amante du grand air. Le matin, elle ouvrait toutes grandes les fenêtres à coulisses et, s'il ne pleuvait pas, elle déposait les couvertures et les draps sur les rebords pour les faire aérer. Comme ce n'était pas la pratique du pays, les passants regardaient de travers et avec dédain cet étalage, surtout les gros duvets inconnus en Irlande.

Ma mère faisait la grimace, quand elle passait devant la porte toujours close de tante Moll; de mon côté, j'affectionnais cette pièce de façon particulière mais je me gardais bien de l'avouer. Toute en volants roses, elle sentait la poudre et le parfum; elle était remplie de petites figurines en porcelaine, d'éventails jaunis par le temps, de bijoux de fantaisie, et de nombreuses petites boîtes dont on ne pouvait deviner le contenu. Tante Moll m'invitait parfois à entrer dans sa chambre mais j'acceptais de le faire seulement durant l'absence de ma mère. Les rideaux roses étaient toujours tirés et les nombreux miroirs reflétaient cette couleur de tous côtés. Parfois, s'il m'arrivait de me trouver seule à la maison, j'y entrais sur la pointe des pieds. Je fermais la porte derrière moi et me tenais là, dans la demi-obscurité inondée de rose, à aspirer la lourde atmosphère chargée de parfums. Il me semblait alors que je faisais partie d'une intimité que je ne savais pas nommer.

Le salon du rez-de-chaussée qui donnait sur la rue était réservé à tante Moll. C'est là qu'elle recevait ses amis et qu'elle donnait ses soirées de poker; une pièce où je n'entrais jamais et de laquelle je ne connaissais que ce que j'entrevoyais par la porte. Il y avait un long canapé qui formait une courbe devant la cheminée — le meuble le plus élégant que j'aie jamais vu.

Aux soirées de tante Moll, le rire bruyant du salon se répandait par toute la maison. S'il lui arrivait d'être à court de boisson, tante Moll quittait la pièce enfumée, la cigarette collée aux lèvres, et me demandait de courir au pub voisin acheter du stout ou du whisky. Devant la mine renfrognée de ma mère, tante Moll se justifiait :

— Ben, y'a pas de mal là-dedans, mon chou!

Ma mère serrait les lèvres et ne répondait rien, tandis que ses yeux projetaient sa colère comme des phares. Tante Moll qui faisait semblant de ne rien remarquer — ce qui était impossible —, me mettait de l'argent dans la main et retournait au salon.

Ma mère ne se soulageait de ce qu'elle avait sur le coeur qu'au moment où la porte du salon s'était refermée. Mon père essayait de la faire taire :

— Attention, voyons! Ne parle pas si fort! Tu vas la froisser et nous ne trouverons jamais plus un logement à si peu frais!, ce qui faisait exploser ma mère.

— Et la petite, alors? Comment ne sera-t-elle pas marquée par tout ceci?

Mon père continuait de la supplier de se contenir, tandis que je m'échappais vers le pub serrant l'argent dans ma main.

Chaque fois que je lui apportais des commissions au salon, tante Moll m'encourageait à garder la monnaie. Je n'osais pas accepter par crainte d'augmenter le courroux de ma mère. Mais elle insistait toujours :

— Vas-y, mon chou! Garde-la!

Elle disait "mon chou" à tout le monde. De la porte où je me tenais, j'apercevais le miroir chamarré au-dessus de la cheminée, dont le reflet doublait la quantité de fumée dans la pièce ainsi que le nombre de joueurs de poker.

Parfois on les entendait chanter à pleine voix les chansons populaires d'un film, ou quelque chose de plus ancien comme "When Irish eyes are smiling", et tante Moll sortait du salon souriant et chantant pour aller à la cuisine chercher les sandwichs qu'elle avait préparés. La cigarette, qui pendait à sa lèvre inférieure, n'était enlevée que quand elle chantait.

* * *

Personne ne pouvait mettre autant d'expression dans un seul mot que ma mère en prononçant "Poker!". Le 'p' faisait une petite explosion. Elle ajoutait parfois :

— Et encore, avec de l'argent!

C'était alors comme si non seulement

le jeu, mais l'argent même constituait la substance la plus abjecte au monde.

* * *

Il arriva que Monsieur Connor vint prendre part aux soirées de poker et qu'il resta chez tante Moll après le départ des autres invités. Je sentais l'odeur de son cigare avant même de le voir monter aux toilettes du premier étage, les manches de chemise remontées et la cravate défaite. Aussitôt que ma mère l'entendait dans l'escalier, fredonnant une mélodie, elle se hâtait de me tirer dans notre chambre en grimaçant son "Dégoûtant!", comme si la seule vue de Monsieur Connor me souillerait pour la vie.

Tante Moll ne disait plus "Monsieur Connor". Il était devenu "Willie". Elle prenait un air mignard quand Willie était là et, tandis qu'il montait, elle chantait.

— Je te donne encore quelque chose à grignoter, Willie?

Puis elle répétait à pleine voix, ...à grignoter, Willie, et elle éclatait de rire.

Parfois Willie se rendait jusqu'à la cuisine avant que ma mère n'eût le temps de s'échapper, mais ensuite elle laissait libre cours à des remarques outragées en s'efforçant de les faire accepter par mon père. Devant moi, elle se limitait à dire d'un ton sec, "Dégoûtant!"; ou "À leur âge!"; ou encore "Dans le salon sur une chaise longue!".

À partir de ce moment, chaque fois que la porte du salon restait ouverte, je regardais le divan avec un intérêt nouveau. Je le fixais en me demandant ce qu'ils pouvaient bien faire là-dessus.

Il ne vint jamais à l'esprit de ma mère qu'elle était en train de m'enseigner que les enfants ne se font pas par oreille et que, sans elle, je n'aurais rien remarqué.

Le matin, je traînais au petit déjeuner pendant que tante Moll préparait le sien. Je l'observais avec plus d'attention. L'intérieur de sa théière en aluminium était recouverte d'innombrables couches de tanin, et le thé fort qui en sortait était couleur de boue. Sa main rondelette aux ongles écarlates fouillait comme un énorme insecte dans la boîte de Corn Flakes; elle saisissait des poignées de céréales et les déposait dans un bol. Elle faisait chauffer du lait pour le verser sur les flocons, dans une petite casserole culottée d'un épais enduit jaunâtre qui augmentait chaque jour.

— Inutile de nettoyer ça, ça se resalit aussitôt, disait-elle, peut-être à cause du regard acerbe de ma mère, dont les casseroles récurées à la paille de fer ensavonnée luisaient comme des miroirs.

Ma mère avait le talent d'exprimer de terribles jugements sans prononcer un seul mot. Tante Moll qui la dépassait pourtant d'une bonne tête en hauteur, et qui était au moins deux fois aussi large qu'elle, était indubitablement intimidée, jusqu'à se sentir mal à l'aise dans sa propre maison. De mon côté, plus ma mère la critiquait, plus je me rapprochais d'elle.

Ce fut tante Moll qui m'offrit ma première cigarette. Il y avait un espace clos sous l'escalier, et bien que ma mère fumât aussi, j'attendis d'être seule à la maison pour m'y enfermer et fumer. Le fait d'avoir accepté une cigarette et de l'avoir fumée établit entre tante Moll et moi une complicité tacite. Nous ne nous disions jamais grand'chose, même quand il n'y avait personne pour nous gêner. Nos deux mondes restaient nettement séparés. Mais de temps en temps, nos regards se rencontraient et cela nous suffisait.

Notre connivence me faisait penser aux moines dans les monastères, ou aux religieuses dans les couvents, qui avaient fait le voeu de garder le silence. Bien sûr que nous aurions pu nous parler si nous en avions eu envie, mais nous n'avions rien à nous dire. Je m'imaginais donc que nous étions des religieuses sous l'oeil inquisiteur de la Mère supérieure.

Je me demandais alors si les vraies

religieuses avaient elles aussi des secrets défendus. Avant notre arrivée en Irlande, je n'avais jamais vu de clercs et de religieuses en aussi grand nombre, et je pris vivement conscience de leur présence. Je les observais attentivement se promener à deux ou à trois. L'ovale du visage des religieuses, encadré de l'austère habit noir, formait un luisant coeur rose. L'ample jupe semblait être une cachette naturelle. Mais même couvertes de ces noirs plis rébarbatifs, les religieuses n'en étaient pas moins des êtres humains.

J'avais entendu dire qu'il était préférable d'avoir un ou deux péchés à confesser, que d'arriver à la confession les mains vides. Dans la fabrique de mon père, j'avais souvent entendu les jeunes filles, pendant la pause-café, dire combien il était affreux de n'avoir rien fait au cours de la semaine qui soit digne d'une confession et, conséquemment, de n'avoir rien à offrir au prêtre le samedi soir. Elles en étaient tourmentées. Elles m'apprirent qu'on ne pouvait se faire purifier s'il n'y avait point d'impuretés. Le pauvre prêtre! Il n'aurait rien à absoudre. Donc, dans l'intérêt de tout le monde, il valait mieux avoir quelques péchés en réserve.

* * *

Tante Moll me prêtait les revues qu'elle avait lues. Elles étaient remplies d'histoires d'amour se déroulant dans des endroits aussi éloignés de notre réalité que ceux des films que nous voyons et qui excluaient la vraie vie de façon plus efficace. Dans le noir du cinéma, il était facile de partager cette vie imaginaire et d'oublier la nôtre. Hélas! c'était toujours un choc après les séances, de se retrouver dans les rues mal éclairées. Là, les tramways faisaient un bruit de ferraille, les ordures traînaient le long des trottoirs, et l'odeur du poisson et des frites remplissait l'air. Le plus triste était de se voir réfléchi dans la vitre d'un magasin, tandis qu'on faisait la queue à l'arrêt de tramway comme le commun des mortels, sans la moindre possibilité de se rapprocher des merveilleuses visions entrevues sur l'écran.

Cependant en lisant les histoires d'amour dans les revues, j'attribuais à tante Moll et à Willie les rôles d'amoureux dans un triangle impossible. Par crainte d'être surprise à lire ces petits romans, je les cachais dans mon atlas à peu près de même format et devenu mon livre de chevet.

J'aurais aimé savoir si les religieuses et les prêtres faisaient comme moi : s'ils cachaient des lectures dans leurs livres de prières. Je me demandais si je partageais le péché de tante Moll en parlant avec Willie ou en acceptant le chocolat qu'il m'apportait? Ou quand je me glissais dans la chambre rose de tante Moll? Et son péché serait-il plus grave, ou moins grave, si elle invitait Willie dans sa chambre à coucher au lieu de rester sur le canapé du salon en bas? J'aurais aimé demander à tante Moll comment on calibrait les péchés.

*　*　*

Willie et moi, nous devînmes bons amis. Il m'écoutait ânonner l'anglais avec beaucoup de patience. J'aimais son rire jovial, ses histoires et ses jeux de mots.

— Tu sais ce qu'on fait en Hongrie? me demanda-t-il.

— Non.

— On crie! Tu comprends? Hongrie! Elle est bien bonne, hein?

Une autre fois, il me demanda :

— Tu sais qui a inventé les talons hauts?

Je secouai la tête.

— La fille qui a été baisée au front! Tu comprends? Au front, pas sur la bouche! Ah, tu verras, on t'apprendra bientôt à parler comme une petite Irlandaise!

Je me sentais à l'aise avec Willie.

Peut-être que j'étais bien avec lui parce que, lui aussi, semblait être bien avec moi.

*   *   *

Je devais avoir douze ans quand tante Moll me glissa le roman le plus osé que j'avais lu, en me chuchotant un avertissement :

— Garde-toi bien d'en parler à ta maman!

C'était l'histoire d'une jeune fille qui sortait en secret la nuit pour aller retrouver son amant et qui, plus tard, rentrait avec le bas de sa robe défait. Cela me donnait une grande sensation et j'avais très chaud chaque fois que je relisais ce passage. Je portais le livre d'une cachette à l'autre, craignant qu'aucune ne soit vraiment sûre. Parfois je le dissimulais sous mon matelas et je sentais sa présence sur tout mon corps. En m'endormant, je rêvais qu'un homme très noir m'embrassait sur la joue et, en me réveillant, ma joue brûlait encore. Même à l'école, au milieu d'une leçon, le souvenir de ce baiser faisait soudain brûler la partie de ma joue que l'inconnu avait touchée de ses lèvres, et je fermais les yeux, envahie d'une sensation nouvelle.

Les religieuses cachaient-elles aussi des livres sous leur matelas? Et trouvaient-elles un moment pour les lire? Rêvaient-elles aussi d'hommes noirs? Est-ce que cela était un péché? Puisqu'on ne pouvait pas contrôler ses rêves, comment le rêve constituerait-il un péché?

Le problème du péché me préoccupait énormément, mais le côté pratique des défaillances morales de tante Moll m'intéressait également. Par exemple, ses larges culottes bouffantes roses. Elle les lavait de temps en temps et, pour les faire sécher, elle les accrochait à un chevalet remonté par une poulie au plafond de la cuisine; c'est là que nous mettions notre ligne à sécher quand il faisait mauvais temps. Deux larges paires de culottes roses suspendues au plafond dispensaient une joyeuse fantaisie dans la sombre cuisine vert foncé. Pour ma mère, elles étaient les drapeaux du vice.

— Voilà qu'on attend encore Willie! grommelait-elle en les apercevant.

Naturellement, cette remarque suscitait en moi de nouvelles interrogations. Si Willie était dégoûtant, pourquoi tante Moll se donnait-elle la peine de laver ses culottes avant ses visites et non après?

Willie continua à venir de temps en temps. Bientôt ses absences commencèrent à se prolonger. Depuis qu'elles s'éternisaient, tante Moll perdait son élan et son pas s'alourdissait. Elle négligeait de faire oxygéner ses cheveux aussitôt qu'ils repoussaient, et ils ressemblaient à l'herbe poussiéreuse du bord des routes. Ses yeux, qui n'étaient plus le point de mire de son visage, semblaient à peine retenus en place par l'arc crayonné de ses sourcils. Ses amis ne venaient presque plus et parfois je l'apercevais de la rue, regardant par la fenêtre du salon d'un air absent et triste.

*   *   *

Un soir pluvieux de décembre, une semaine ou deux avant Noël, alors que j'étais seule dans la cuisine, assise devant la cheminée à regarder jouer les flammes, Willie fit entendre son martèlement familier à la porte. Mes parents étaient sortis et tante Moll, qui faisait de longues journées dans un magasin de vêtements d'hommes, n'était pas encore rentrée. Parce que je me sentais isolée et que je m'ennuyais, je fus donc ravie de voir la mine riante de Willie. Il me demanda s'il pouvait rentrer, au sec, et attendre le retour de tante Moll. Je souris simplement et fis un pas de côté pour le laisser passer, en me disant combien tante Moll serait contente de le trouver là en rentrant.

Il passa directement au salon mais quelques instants après il revint se placer debout dans l'encadrement de la porte qui donnait sur la cuisine. Il me demanda :

— Ça ne te gêne pas que je me réchauffe un peu au feu de la cheminée?

J'étais contente d'avoir sa compagnie mais je ne compris pas pourquoi il ne se réchauffait pas au radiateur électrique du salon.

— Je peux vous faire une tasse de thé? dis-je en me faisant l'écho de tante Moll, sûre que cela lui ferait plaisir de me voir m'occuper de Willie.

— Épatant! s'exclama-t-il et il me suivit des yeux à l'arrière-cuisine où j'allais remplir la bouilloire.

Tout à coup je fus troublée que Willie m'observe de si près. Les allumettes étaient humides et, sous son regard attentif, je les maniais maladroitement sans arriver à en allumer une. Enfin, l'une d'elles prit feu, mais elle se cassa sous mon doigt.

— Fais voir! dit Willie et, d'une main exercée, il fit craquer une allumette qui mit le feu au gaz.

Je déposai la bouilloire puis, en relevant la tête, je vis soudain le visage de Willie réfléchi dans le petit miroir suspendu près de la cuisinière. Dans cette glace de mauvaise qualité qui déformait les images, le visage de Willie semblait grotesque; son nez était aplati et élargi, ses lèvres épaisses et difformes. Au même moment, je sentis l'odeur de sa sueur et de son haleine aux relents de cigare. Il me souffla à l'oreille :

— Tu es une belle fille! et il prit ma poitrine dans ses mains.

La pluie martelait la fenêtre de la cuisine, le feu crépitait, et le gaz sous la bouilloire chuintait. Soudain tante Moll apparut sur le seuil de la porte, la bouche comme une blessure béante dans le visage.

— Alors, on fait l'amour!... l'amour!... chez moi! s'écria-t-elle.

Willie se hâta de faire un pas en arrière, trébucha sur le seau à charbon, et tomba en se prosternant devant tante Moll.

J'essayai de parler mais je n'arrivai qu'à bredouiller quelque chose d'incompréhensible, en passant par-dessus Willie et en bousculant tante Moll, pour me précipiter dans l'escalier. Je courus m'enfermer dans la salle de bains, fermai la porte à clef, puis m'appuyai contre elle. En tremblant, j'écoutai le battement sourd de mon coeur.

Un instant plus tard je m'avançai pour me regarder dans le miroir. Les égratignures et les taches sur la glace prenaient un relief nouveau. Est-ce que mon visage allait dorénavant porter les stigmates de la honte?...

Paule-Marie Duhet, née en France, est professeur à l'Université de Nantes. Elle est l'auteur d'ouvrages et d'articles sur les féministes anglaises et françaises de la fin du XVIIIe siècle et sur la littérature anglaise de cette époque. Depuis 1979 elle enseigne dans le domaine des Études canadiennes. Elle termine un recueil de nouvelles dont les héroïnes sont des femmes.

LES MURS ONT TROP DE MÉMOIRE

Paule-Marie Duhet

> *Au Canada,*
> *parce que j'y ai été heureuse.*

Orly semble intact; la grisaille des verrières remonte à quelques jours, au dernier lavage habituel; le béton est terne d'un bout à l'autre du bâtiment. Quand le bus se fraie lentement un chemin au milieu de la circulation, il n'y a rien là que de très ordinaire : Orly a son rythme des jours ordinaires; second aéroport de Paris depuis près de vingt ans, un second qui s'est habitué à être le centre très actif des vols nolisés.

Pourtant c'était là, sur l'asphalte où le bus roule au pas : le visage collé contre la vitre, la voyageuse scrute le sol, le trottoir

avec avidité. Là? Où? Rien ne subsiste—
aucune trace. L'asphalte est d'un gris uniforme et terne; il ne manque pas un pavé à
la bordure du caniveau. Le bus s'immobilise
près du trottoir. La voyageuse saisit sa valise,
rejette un peu le sac de cuir qu'elle porte en
bandoulière, un sac large et solide, griffé
d'une maroquinerie célèbre. Les autres voyageurs s'engouffrent dans l'aérogare; elle
s'éloigne vers l'arrière du bâtiment, vers la
zone que le bus longeait quelques instants
plus tôt. À l'extrémité du hall elle s'arrête,
hésite, regarde autour d'elle : le parking, les
murs, les portes coulissantes : c'était là. Des
barrières contenaient la foule silencieuse sous
le soleil. On chargeait dans des ambulances
des brancards couverts de légères feuilles
dorées; des pompiers et des médecins s'affai-
raient sur le terre-plein.

La femme avance vers les portes qui
s'écartent aussitôt. Là, sur le dallage, au
milieu des gravats et des éclats de verre, un
médecin et une hôtesse étaient penchés sur
quelqu'un. Avait-elle appelé, crié? On l'avait
entraînée vers l'extérieur en parlant doucement comme l'on parle à un enfant apeuré.
Mais elle n'entendait que les plaintes et l'écho
sans fin d'éboulements sourds. S'arrachant
avec fureur à ceux qui la retenaient, elle avait
réussi à bondir vers le groupe agenouillé.

Elle savait.

Le médecin avait levé les yeux et enlevé son stéthoscope.

Elle savait.

Elle s'était agenouillée à son tour près de la frêle silhouette. Ses longs cheveux bruns rejetés sur une épaule, la toute jeune fille semblait dormir. Le mince visage aux traits fins, le front lisse et haut étaient intacts. Le corps menu de l'adolescente était enveloppé dans la cape qu'elle tenait sur ses genoux l'instant d'avant.

Combien de temps l'avait-elle laissée seule assise sur un banc tout proche? Combien de temps faut-il pour qu'un univers s'écroule? Le cercle infernal était-il ici, dans ce coin du hall où les portes aujourd'hui s'ouvrent et se ferment sans bruit, ou sur un autre dallage maculé de sang, sous une autre verrière, très loin? Les murs se ressemblent pour ceux que hante une insaisissable mémoire.

Les voyageurs pressés bousculent la femme solitaire; un chariot heurte sa valise, l'oblige à reculer vers les comptoirs déserts à cet endroit. Elle s'adosse un instant, le temps d'embrasser d'un dernier regard l'angle du hall et la circulation et l'entrée du parking au-delà. Alors elle s'éloigne, d'un pas ferme, vers l'enregistrement des bagages d'un vol en partance pour le Canada.

Il y a peu de monde à cette heure. Les formalités vont vite. La valise avance sur le tapis roulant, disparaît dans un soubresaut derrière l'écran de plastique. Le voyageur suivant, lui aussi, est vite libéré de ses bagages. La femme est devant lui, sur l'escalier roulant. De la main droite elle effleure la courroie qui glisse à mesure que les marches avancent; alors elle se retourne. L'homme, machinalement, l'imite et ils voient s'éloigner le hall, le Point Rencontre, les verrières...

Au premier étage non plus il n'y a pas foule à cette saison. La femme s'arrête à la parfumerie; l'homme muse un instant devant les étalages puis se décide pour un dernier café. Quand il quitte son tabouret, il croise la femme qui se dirige, elle aussi, vers la porte pour l'embarquement immédiat. Des deux mains elle serre un lourd flacon de parfum sombre dont le bouchon est taillé en cabochon comme une immense pierre rare.

"Soir de Paris, Guerlain, Houbigant, Cheramy"? L'homme se surprend à réciter une litanie compliquée et déjà nostalgique.

*   *   *

L'avion est à moitié vide. La voyageuse s'installe près d'un hublot. Elle glisse le sac contre la paroi de l'appareil, en sort le châle

30

dont elle s'enveloppe, et pose le flacon de façon à le maintenir bien droit, entre le rabat du sac et une mince trousse de cuir.

— Voulez-vous que je mette votre manteau et votre sac dans le casier, en haut?

Simple prévenance de passager courtois ou curiosité en éveil, l'homme a suivi la voyageuse qui l'intrigue.

— Simplement le manteau, merci.

Alors il s'assied, laissant entre eux un siège vide sur lequel il pose les journaux du soir. Demi-ruse inconsciente n'est pas ruse innocente... La femme a fermé les yeux; elle feint de dormir. C'est à peine si d'un signe de la main elle refuse le plateau-repas. Son voisin l'observe à la dérobée : la quarantaine à en juger par des mèches qui blanchissent, mais quelque chose d'enfantin dans le visage — et puis autre chose, quoi? Pas le style BC-BG (Bon Chic, Bon Genre), non, autre chose : le sac, le flacon... de la classe, oui, c'est cela, de la classe. Pas causante en tout cas.

La projection du film commence; bonne occasion pour tourner la tête et observer un instant le profil serein et pourtant grave sur lequel une larme glisse. Il y a des gens comme ça : on les croise un jour et l'on se demande ce qui a bien pu leur arriver, comment la vie a pu les malmener; parce qu'il n'y a pas de doute, celle-là emporte des secrets qui ne sont pas ceux des femmes esseulées qu'on rencontre si souvent. Veuvage, rupture? non, autre chose — quoi? Elle est seule — vit-elle seule au fait? Personne ne l'accompagnait au départ et il jurerait que personne ne l'attend à l'arrivée. Vieille fille? Cela ne lui va pas. Célibataire? c'est pour l'administration; et elle a l'aisance des femmes qui ont l'habitude des hommages masculins. Mais en même temps quelque chose de ferme, une calme résolution si évidente et pourtant dominée au point de pouvoir offrir la surface lisse d'une amabilité tranquille où viennent se briser, en vain, les mots qu'on lui adresse.

*　*　*

Pendant quelques minutes il essaye de s'intéresser au film. Puis par deux fois il se penche légèrement, comme pour s'étirer avant de se redresser sur son siège, et il regarde le profil immobile. Elle ne dormait pas, il en était sûr; elle ne pleurait pas non plus — juste cette larme au départ — ou bien s'était-il trompé... dans la pénombre, avec les allées et venues qui suivent les repas, et le grésillement des écouteurs et les images qui défilent sur l'écran lisse des océans et des plaines avec la route qui mène au parc... Des arbres inconnus barrent la route et il ne peut éviter l'un deux qui heurte sa jambe. Le voyageur alors se réveille : la femme s'excusait de le déranger en passant devant lui. Il se frotte les yeux, bâille, puis profitant de l'absence de l'inconnue, il se penche pour examiner le flacon de plus près. "Diablement riche, ou fichue snob" pense-t-il.

À l'aube on servit le café.

— Vous avez pu vous reposer? demanda-t-il, plus que par simple politesse.

— Oui, merci. Le film vous a plu?

C'était une manière d'être aimable, tout en gardant ses distances. Il ne savait quoi penser. Assez jolie se dit-il; une belle voix aussi, avec un rien de grave et de lointain; pas "princesse lointaine" pour autant — non, autre chose. Quoi? Il n'osa pas lui parler du flacon.

À l'arrivée les formalités de douane étaient strictes mais ils passèrent rapidement, l'un comme l'autre. L'inconnue avait extrait le flacon du sac qu'elle ouvrit ainsi tout grand, avant de le fermer soigneusement pour le contrôle électronique. L'agent de service sourit en la voyant serrer le flacon à deux mains.

— Un beau cadeau pour une belle dame, dit-il avec une galanterie à peine feinte.

La "belle dame" lui rendit son sourire en murmurant d'un ton léger :

— N'est-ce pas?

"Jolie, pensa le douanier, mais pas heureuse; le genre de femme à être mal prise."

"Jolie, pensa le voyageur à quelques mètres d'elle; mais personne pour l'attendre bien sûr. Sa valise n'a pas l'air lourde. Apparemment elle rentre au pays. Drôle de femme quand même."

* * *

L'été passa.

L'automne, cette année-là, fut si beau, si long, si lumineux, que le voyageur ne se souvenait pas d'avoir tant apprécié ses allées et venues à travers l'Ouest canadien. Homme à bonnes fortunes, il avait le sûr instinct du chasseur : un rien de galanterie, un flirt à peine esquissé, parfois un plus long bout de chemin : avant même d'entamer un brin de causette, il savait jusqu'où l'aventure pourrait aller. C'était comme cela depuis longtemps et le coureur de cités, la quarantaine avantageuse, restait heureux — et libre.

Il y eut l'hiver, puis le printemps; un autre été, moins chaud, plus terne, et d'automne, point. Ce fut l'hiver d'un seul coup, et un rude hiver. Le froid, la neige, le blizzard dansèrent une telle sarabande que tout le monde trouvait le temps bien long. Le voyageur aussi. Winnipeg est une capitale, mais il avait hâte de retourner à Paris. Et dès qu'il y pensait, le souvenir de l'inconnue l'effleurait. Une ou deux fois il crut l'apercevoir dans l'avenue Portage. Il se retourna et faillit même faire demi-tour. Mais quoi? qu'aurait-il dit? Il ne pouvait tout de même pas lui demander si elle avait toujours son extraordinaire flacon de parfum.

Un soir où il regardait distraitement la télévision, il sursauta. Il monta le son, s'approcha de l'écran, éberlué : c'était elle! C'était bien elle que l'on interviewait. Le présentateur avait particulièrement soigné son style de mâle avantageux. La femme, elle, avait toujours la même élégance discrète et sûre; mais le profil, un peu incliné, semblait plus mutin, libéré. La présence de la caméra, le face à face avec un homme venu pour questionner ne la gênait pas. Elle ne semblait en éprouver aucune vanité non plus, elle se prêtait à ce jeu, c'est tout.

Mais de quoi parlaient-ils, au fait? Le spectateur, irrité d'être exclu de cette conversation s'embrouillait entre leurs paroles et ses souvenirs. La caméra tournait lentement. Elle glissait sur les murs d'un vert si doux qu'il amplifiait l'espace, s'attardait sur une plante constellée de fleurs roses près de la lampe de bureau, effleurait un cadre d'argent zébré de deuil. Un contrechamp explorait la pièce, s'arrêtait sur une haute plante drue aux larges feuilles vertes dentelées.

La femme, accoudée au bras du fauteuil, souriait, manifestement contente de la surprise qu'elle devinait : une si belle plante, presque arborescente par une nuit d'un long hiver glacé...

— Mais oui, c'est une acanthe, une acanthe vivante. Elle vient de Bretagne. Oh non, pas sous cette forme, bien sûr! Avant de quitter le jardin j'avais pris une pousse minuscule et deux feuilles d'épiphyllium. Je les avais mises dans du papier de soie, comme l'on faisait pour préparer un herbier. Et puis à Orly il m'est venu une idée insensée : elles avaient été cueillies la veille, qui sait si elles ne pourraient pas survivre? Mais il fallait les préserver au plus vite. J'ai acheté le grand modèle de ce parfum qu'elle aimait; je l'ai vidé; un peu d'eau au fond, à peine quelques gouttes... Dès que j'ai pu m'installer je les ai placées bien à proximité de la lumière. Et je les ai regardées survivre, puis reprendre vigueur. Il me semblait que c'était de bon présage. L'épiphyllium, vous le voyez, c'est le bouquet rose près de la lampe; l'acanthe, je l'ai placée au-dessous de sa photo. Elle avait tant aimé ce jardin...

Nouveau contrechamp : le flacon est là, sur la vitrine, près de la plante au vert intense. Au-dessus, dans le cadre d'argent, lentement se dessine un fin visage d'adolescente aux longs cheveux bruns. En bas, le crêpe noir des disparus.

Le voyageur n'en croit pas ses yeux; il sait que les anciens mettaient un crêpe de deuil ainsi autrefois; mais il n'en a jamais vu et il ne savait pas que cela pouvait encore se faire. Et pendant ce temps-là l'autre beau coq joue les maîtres de maison, comme toujours dès qu'il a quelqu'un à portée de caméra. Car l'inconnue est devenue célèbre — mais comment? C'est là le hic. Il avait bien deviné qu'elle cachait un secret; il était prêt à tout imaginer, un complot, un sombre mélodrame... Mais qu'elle devienne une "personnalité" des arts ou de la politique ou même du monde scientifique, alors, il faut bien l'avouer, il sentait monter en lui une sourde rancune. D'autant qu'elle n'en avait cure. Impossible de dire qu'elle jouait les vedettes, cela, non! Mais elle était à l'aise, poliment insensible à l'obséquiosité qui pointait chez l'homme de l'écran. Elle souriait, elle vivait, heureuse dans cet univers qui ne ressemblait qu'à elle, avec ses rares objets précieux, ses tons si doux, son atmosphère de confortable élégance.

— Oui, disait-elle, secouant ses cheveux à peine blanchissants, oui; il y a des moments où l'on n'a plus le choix : les murs ont trop de mémoire. Il faut savoir couper les ponts, brûler ses vaisseaux. Un de vos écrivains l'a redit il n'y a pas longtemps. Il faut savoir tourner une page. La voix hésite à peine, mais le staccato n'échappe pas au spectateur attentif.

— Et c'est ce seul séjour de quelques semaines qui vous a décidée alors à vous installer chez nous?

— C'est bien cela. Elle avait été si heureuse que je lui avais promis que nous reviendrions. Je n'ai pas pu la protéger complètement mais j'ai voulu qu'elle survive — autrement, ici.

— En somme, insiste le beau coq, moins faraud quand même, ces plantes ce sont de nouvelles racines?

— Ce sont mes seules racines. Cela a été dit un peu vite, presque durement, mais avec une dignité qui laisse le reporter muet : il vient d'être congédié sans comprendre où est l'erreur commise.

— Touché! murmure le voyageur avec une secrète jubilation.

À cet instant l'écran se brouille : le blizzard a des caprices, assez brefs, heureusement. Mais quand le son et l'image bondissent de nouveau dans la pièce l'émission est terminée. La speakerine de service irrite l'homme esseulé sans qu'il en devine immédiatement la raison. D'un geste nerveux il éteint le récepteur, cherche les programmes de la semaine — qu'il a laissés en bas dans sa voiture.

Puis il sursaute, furieux contre lui-même :

— Je ne sais même pas son nom.

Il a parlé à voix haute; il va se coucher de mauvaise humeur.

*Jean Lafontant, né en Haïti, a émigré au Canada
en 1961. Il a fait ses études classiques au Collège
de l'Assomption et une spécialisation en sociologie
à l'Université de Montréal. Il a enseigné successive-
ment au Collège Marguerite-Bourgeoys, à l'Université Laurentienne, et il occupe actuellement le
poste de professeur de sociologie au Collège Universitaire de Saint-Boniface. Jean Lafontant compte à
son actif plusieurs publications professionnelles.
Dans ses temps libres il s'intéresse activement à la
littérature à titre de lecteur, mais aussi, récemment, à titre d'auteur de nouvelles.*

MADEMOISELLE ZOULE

Jean Lafontant

Le Père Guillerm était un drôle de moineau. À peine tonsuré, il avait décidé de quitter sa Bretagne natale pour "les îles" et, d'année en année, fait le tour de tous les territoires français d'outremer. Dans ces contrées exotiques, il insistait auprès de ses supérieurs pour oeuvrer dans les régions les plus reculées, seul Blanc parmi les païens à peau noire ou cuivrée. Là, installé comme un roi, il se félicitait de laisser aux prêtres des villes les arguties théologiques et les tracasseries administratives. Trapu, bouillant, mais sans malice, le bon Père exhalait, en même temps qu'une transpiration abondante, un air de grasse sensualité, surtout quand la convoitise d'un plaisir allumait ses yeux félins et mouillait d'un peu de bave ses fines lèvres rouges. Bref, il s'adaptait merveilleusement aux moeurs des Nègres pour qui le but de la vie était simplement de vivre, de jouir du bon air, le soir, sous les manguiers, après le repas et avant les délices coquins de la natte.

Hélas! comme toute clef, malgré ses balades, aboutit inévitablement dans le trou d'une serrure prédestinée, le bon Père échoua sur le tard, loin, très loin de ses chères îles, dans la paroisse du Précieux-Sang-des-Saints-Martyrs où il rendait de menus services contre chambre et pension au presbytère. Un jour, il s'y berçait en attendant l'heure d'officier à un enterrement quand l'horrible téléphone le tira de sa somnolence.

— Père Guillerm? Vous êtes demandé au parloir, susurra une petite voix pincée. Guillerm détestait qu'on dérangeât sa digestion, une habitude datant des colonies.

— Qui c'est?, bougonna-t-il.

Au bout du fil, la petite voix, qui avait coutume des rudesses du Père mais ne s'y était jamais résignée, répondit plus sèchement :

— C'est mademoiselle Zoule! en appuyant sur le "ou" comme dans "poule",

42

afin de piquer, si la chose se pût, le brave homme.

— Faites monter!

— Mais... mon Père?!

— Faites monter, vous dis-je!

Et il raccrocha, amusé de scandaliser à peu de frais la zélée réceptionniste qui se mêlait de lui faire des leçons de morale habillées en règles d'étiquette.

Mademoiselle Zoule était une Haïtienne dans la cinquantaine. Généreuse en chairs, elle grimpait pourtant les escaliers du presbytère comme une jeune donzelle quand l'animait l'envie (trop fréquente, selon certaines) de rendre visite au Père Guillerm.

— Ouf! bonjour, mon Père, carillonna sa bouche gourmande fardée en coeur, à l'ancienne mode. Tirant des profondeurs de son corsage un mouchoir blanc elle s'épongea le front et s'éventa délicatement.

— Bonjour, Zoule. Je devine pourquoi vous venez...

Jouant des cils, des sourcils et d'autres procédés de séduction glanés au hasard des

43

téléromans, Zoule lança à Guillerm un regard incandescent, cajôleur, désinvolte, suppliant, modeste et un tantinet polisson, où elle mit tout son espoir, toute sa détresse. Les minauderies des femmes, l'ardeur muette de leur désir avaient pour effet d'exciter Guillerm. Le coup fut donc rude mais le taureau tint bon.

— Vous êtes déçue que je ne puisse souper chez vous ce soir, comme promis. Je ne pouvais tout de même pas prévoir cette soudaine obligation. Une messe solennelle...

— Mais non, mais non, ce n'est pas ce que je disais au téléphone! Je pensais qu'après l'office vous pourriez vous arrêter chez moi prendre un café, une tasse de bon café fort... comme vous l'aimez, soupira Zoule dans une moue coquette. Et puis, mon Père, cela ferait tellement plaisir à Mathilde!

— Sapristi, cessez de m'appeler "mon Père", grommela Guillerm. Bon. Je ne dis pas non... je verrai. Allez, allez, filez, Zoule, dit-il sur un ton maintenant affectueux, avec une petite tape sur la hanche qui la fit glousser.

Zoule avait, dans la faune de l'église, la réputation d'être une grenouille de bénitier. "Apparemment!" vociféraient ses fielleuses concurrentes, avec des airs d'en savoir plus long qu'elles ne voulaient bien le dire. "A fait semblant d'aimer les lieux saints... mon oeil! ce sont les coulisses qui l'intéressent!" s'esclaffaient-elles rageusement quand elles se retrouvaient entre elles, ce qui, à la prochaine confession, économisait une calomnie à leur liste déjà chargée. Comme tout secret perce à la longue les murs les plus épais, ces méchancetés finirent par effleurer les oreilles de Zoule sous une forme vague, édulcorée, ainsi que toute rumeur désobligeante quand elle s'adresse au principal intéressé. Zoule y répondait par une sereine indifférence. Après tant d'années d'une vie ingrate et solitaire partagée entre les servitudes d'un modeste gagne-pain et les soins qu'elle prodiguait à Mathilde, sa soeur infirme avec qui elle habitait, l'arrivée de Guillerm dans la paroisse avait été sa planche de salut, l'ange ami délégué du Bon Dieu. Sa consolation. Son péché mignon. Elle se savait pure comme de l'eau bénite, malgré les troublants vertiges ressentis parfois à l'approche du vieux mâle...

Le glas sonna sa kyrielle de neuf coups distincts dont les trois derniers, martelés lentement sur le registre le plus grave, certifiaient la présence de la mort. Zoule s'installa en retrait, au fond de la nef, tâcha par essais successifs de nicher ses rondeurs dans l'angle étroit du banc, jeta de furtifs coups d'oeil à droite et à gauche, vérifia de la main la position de sa mantille et, avec une élégance de

45

reine, en ramena les pans dentelés autour de son cou. L'église s'emplissait rapidement de beaux messieurs et de belles dames que, pour la plupart, Zoule ne connaissait pas. Elle n'avait croisé la défunte elle-même que rarement dans les corridors du presbytère. Malgré le désir qu'en avait Zoule, elles ne s'étaient jamais parlé. L'autre prévenait tout contact par l'aumône d'un sourire condescendant. Madame Mondou jouissait de titres qui creusaient des années-lumière entre leurs deux univers. D'abord par sa naissance, ensuite par ses relations, enfin par les "beaux" mariages de ses enfants, sans compter son poste de doyenne de l'Ordre des Dames du Saint-Sépulcre qui la tenait très occupée dans la paroisse.

Enfin... c'étaient choses du passé. La cérémonie commençait. Thérèse Mondou aussi raide et sèche dans son cercueil qu'au cours de sa vie, entra les pieds devant, précédée du curé, du vicaire et de Guillerm en chasubles noires tandis que virevoltait autour d'eux un essaim d'enfants de choeur. L'un portait le goupillon, un autre l'encensoir, et un troisième, soigneusement étalées sur un coussinet de soie les médailles ecclésiastiques qu'avaient reçues la défunte. À quelques mètres, un enfant plus âgé, apeuré et recueilli, ouvrait la marche, brandissant, perchée sur une longue tige, une sinistre croix qui fit agenouiller la foule. Zoule se signa trois fois pour implorer la grâce de ces autorités qui investissaient d'un coup la place : Dieu, la Mort et les exécuteurs de la Loi. Parmi ces derniers, la présence de Guillerm provoqua en elle un léger malaise. C'est la première fois qu'elle le voyait officier à un enterrement. Leurs regards se croisèrent... enfin, tel le crut Zoule, se croisèrent sans se reconnaître, tant celui de Guillerm lui parut subitement lointain et indifférent. Zoule s'en attrista. L'idée lui vint que, malgré ses frasques, son indépendance d'esprit et l'extrême bonté qu'il avait pour une créature aussi humble qu'elle, le Père Guillerm ne lui appartenait peut-être pas à elle mais plutôt à ce monde où elle le voyait maintenant.

Le monde des hautes sphères, le sommet d'une hiérarchie sacrée et profane, différente seulement en apparence, et en vertu de laquelle Thérèse Mondou, le vieux Père, le Curé, le Notaire, la Mort et qui sait? Dieu lui-même faisait partie d'un cercle huppé dont elle était exclue. Le destin n'avait fait d'elle qu'une pauvre négresse aux cheveux grisonnants : Zoule-la-vieille-fille, Zoule-la-coquette-d'un-autre-âge, Zoule-la-bonne-à-Mathilde.

Ses souvenirs s'égarèrent : elle revoyait la place du village, les cris, les rires, l'appel lancinant du tambour et sentait affluer en elle, comme du sang, la solidarité nécessaire

47

qui la liait à un peuple, à toute une race assujettie en terre d'Amérique par les marchands d'esclaves. Elle pensait que, malgré des siècles d'efforts, l'homme Blanc n'avait pas réussi à éliminer les odeurs, équarrir les têtes, étouffer les cris qui le défiaient encore dans tous les recoins d'Haïti. Pourtant... dans son cas, les bonnes soeurs bretonnes y étaient parvenues tant bien que mal. Elles l'avaient sauvée de la misère, revêtue de l'uniforme brun et beige des petites orphelines, appris la bonne tenue, le français, la couture, et la résignation. Car elles sont patientes les bonnes soeurs. Elles ont avec elles le bon Dieu et l'éternité.

Zoule se rendit soudainement compte que pendant qu'elle rêvassait, Madame Mondou avait déjà reçu la plupart des seings et sceaux nécessaires à une entrée glorieuse au paradis. Le cercueil avait été maintes fois aspergé, encensé... On en était à la consécration; Zoule, en pieuse chrétienne, s'agenouilla devant le Dieu du jugement en battant sa coulpe. La messe terminée, des croque-morts obséquieux soulevèrent le cercueil pendant que le choeur entonnait un chant qui, aux éclairs d'Apocalypse, mêlait l'espoir de résurrection pour toutes les Thérèse Mondou de la terre. La procession se dirigea vers le perron de l'église.

Zoule se précipita, s'excusa, tâcha de se frayer un chemin jusqu'à Guillerm pour lui rappeler que... Mais la foule compacte, érigée comme un mur autour de la famille éplorée, lui en barrait l'accès. Se haussant sur la pointe des pieds, elle le vit lui et le curé occupés à serrer des mains. Elle osa un petit geste et, pour mieux se faire voir, allait y joindre son mouchoir blanc, mais se ravisa.

— Pourvu qu'il n'oublie pas..., espérat-elle.

Noémie Trouvère, une Acadienne, qui se rendait sur la côte Ouest. Elle s'est arrêtée fascinée par la Prairie, où elle s'est construit une maison à une heure de Winnipeg, au milieu de la forêt. De solides études de langue l'ont menée au journalisme, puis au roman. Elle conduit son camion-campeur partout où il y a une route à la recherche de l'inspiration et, de retour dans son domaine, écrit un roman. Célibataire par choix, elle se détend en s'occupant de sa ferme miniature.

LE MEILLEUR

Néomie Trouvère

Parc Spruce Woods, première entrée à droite. Les pneus de la camionnette grincent sur la neige avec ce feulement sauvage des jours de grand froid mais le véhicule s'arrête en douceur. Marina saute souplement à terre, inspire un coup de l'air, si vif que l'on voit les cristaux de glace en suspension dans l'atmosphère. Dès qu'ils entendent la portière claquer, les huskies de Sibérie remuent dans leurs niches et pressent le museau contre le grillage. Un roulement guttural s'élève du fond de leur poitrail mais ils n'aboient pas. Les Sibériens n'aboient pas, ils hurlent comme des loups. La jeune femme va de niche en niche dans la camionnette, murmurant le nom de chaque chien, nez à truffe de chaque côté du grillage. Ils se repelotonnent dans la paille, le museau à l'abri de leur queue touffue.

— Eh, Marina, salut! Tu fais la conversation avec tes chiens?

— Salut, Raoul! Mes chiens aiment que je leur parle.

— Je sais, les miens aussi aiment entendre ma voix, mais les tiens se prennent pour des humains.

— Allons donc, ils se prennent pour des chiens affectueux qui sont prêts à travailler dur pour moi, réplique Marina en riant.

— Je crois que tu aimes tes chiens plus que moi. Ah! je te taquine, va! Tu veux un coup de main avec le traîneau?

— Oui, merci.

— Je te préviens, ma belle, que j'ai l'intention de gagner aujourd'hui!

— Tu n'es pas le seul. Tous les mushers viennent à la course Challenge avec l'intention de gagner. Avec le nouveau règlement de temps minimum pour pouvoir participer au championnat, qui ne vendrait pas sa peau pour arriver premier!

— Bien dit! Mais tu parais sentir le tract qui me mord les entrailles.

— Ça ne t'empêche pas de remporter la première place presque partout.

— Pour un peu, je te croirais jaloux, dit Marina.

— Je le suis, oh, comme je le suis!... de tous les gars qui te regardent. Je t'invite à dîner après la course. À dîner et à danser? Une soirée romantique, toi et moi, sans chiens?

— Tu veux dire qu'il faudra que je me mette une robe? s'exclame Marina en riant.

— Eh, t'es pas si mal en robe...

— Interdiction de me faire la cour et des compliments, surtout avant une course.

— Comment vas-tu tomber amoureuse de moi si je ne peux pas te faire la cour?

— Tiens, attrape les harnais, réplique-t-elle.

*   *   *

Le soleil joue des tours de lumière parmi les branches des arbres enrobées de givre glacé. Bientôt d'autres mushers s'approchent. La franche camaraderie des coureurs de chiens de traîneau met tout le monde à l'aise; ceux qui se connaissent depuis longtemps, les nouveaux venus, les pieds-tendres, rêvant de gagner, les anciens qui dispensent des conseils aux jeunots. Puis il y a les aides. Ils ne courent pas, mais on ne peut pas se passer d'eux pour retenir les traîneaux et les chiens, dans la glissière, jusqu'à l'instant du départ. Et vient ensuite la cohorte de bénévoles dont la principale occupation est de préparer le feu et les saucisses grillées. Il est parfaitement entendu que l'on ne parle pas de manger des hot-dogs, on mange des saucisses grillées.

La station de radio locale a installé des haut-parleurs. Un annonceur essaie sa voix entre deux morceaux de musique sans réussir à dominer le brouhaha des gens et des bêtes.

Une autre camionnette arrive et, au fur et à mesure qu'elle avance dans l'enceinte réservée aux mushers, les voix s'éteignent. Phil saute à terre et salue tout le monde jovialement tout en sortant ses chiens. Déjà excitées, ses bêtes geignent, tirent sur leur collier, jappent et s'agitent.

— Pourquoi espère-t-on toujours qu'il ne viendra pas? murmure Raoul.

— TOI. Pas ON. Toi, tu espères qu'il ne viendra pas, réplique Marina en pouffant de rire.

— Avoue tout de même qu'il n'est pas le candidat favori. Et puis il est toujours en train de te tourner autour pour t'inviter à sortir, bougonne Raoul.

— Allons! Venez, il est temps de se préparer, coupe Marina en s'adressant aux deux adolescents qui l'accompagnent. Sortez les chiens et attachez-les à leur piquet.

Des mushers qui s'étaient approchés acquiescent de la tête et déambulent lentement vers leurs derniers préparatifs. Partout les chiens commencent à japper, voulant être libérés. Dirigés par quelque chef d'orchestre invisible, un groupe hurle un long coup de gorge et pause en attendant une réponse qui ne tarde pas à venir de l'autre bout de l'enceinte des mushers.

— Des vrais loups n'est-ce pas? s'esclaffe Phil en s'approchant de Marina.

— Ils ont, en effet, beaucoup de caractéristiques du loup.

— Mademoiselle la savante! La dame qui fait la course scientifiquement, soupire Phil un brin d'envie dans la voix.

— À mon avis, les chiens sont des athlètes. Tu ne t'inscrirais pas au marathon sans t'entraîner plusieurs mois à l'avance, vrai.

— Okay. Je fais faire de l'exercice à mes chiens régulièrement.

— Comme tout le monde avant la saison des courses, ajoute Marina.

— Toi, par contre, tu es différente. Tu as tout un programme d'entraînement.

— Ça me réussit.

— Mais tu t'imposes une discipline comme une athlète olympique! Quand on travaille, c'est dur de trouver le temps.

— Eh, l'ami, je travaille aussi.

— Ben, je ne sais pas comment tu fais. Et avec tout ça, tes chiens sont quand même trop gras, dit Phil en secouant la tête.

— Ah! Tu es partisan du mythe qu'un chien de course est obligatoirement maigre, que les huskies de Sibérie doivent être efflanqués parce que ce sont des bêtes à résistance extraordinaire et on croit qu'ils vont courir le ventre vide. Bien sûr, autrefois dans le Grand Nord, ils couraient dans n'importe quelles conditions, c'était une question de vie ou de mort. Si la chasse était bonne, ils mangeaient. Si elle ne l'était pas, ni les chiens ni les chasseurs ne mangeaient. Mais de nos jours, surtout pour des courses, si les chiens ont des muscles bien nourris, leur endurance et leur vitesse augmentent en proportion.

Marina lancée sur son sujet favori s'enflamme. Phil sourit placidement.

— Allons, j'adore te mettre sur la défensive. Sérieusement, j'ai écouté ce que tu as dit lors de notre dernière course et j'ai fait de l'entraînement. Aujourd'hui je vais gagner parce que tes chiens sont trop dorlotés. Regarde-les, ils dorment; la course ne les intéresse pas.

Marina sourit sans répondre. Son équipage lové dans une dépression neigeuse à côté de la camionnette est immobile mais elle voit un oeil à demi-ouvert qui ne perd pas un seul de ses gestes. Il lui a fallu longtemps pour l'entraîner à rester couché jusqu'à ce qu'elle ordonne : "Debout". Elle sait aussi que si elle s'éloigne, ses huskies se lèveront. Et il est essentiel, un jour de course, de ne pas laisser les chiens dépenser leur énergie nerveuse avant le moment voulu afin d'obtenir une bonne performance sportive.

— En tous cas, reprend Phil, le résultat de la course dépend du chef de l'équipage. Un bon chien de tête et la victoire est dans la poche. Mon Tarkovitch est le chef de file le plus extraordinaire qui soit. Sais-tu que l'autre jour sur la rivière Assiniboine, l'attelage était lancé à toute allure et tout d'un coup, mon Tarkovitch vire de bord sans prévenir et nous ramène sur la rive. Je n'ai eu que le temps de voir une fissure dans la glace s'élargir jusque sous les patins du traîneau. Ce chien-là avait senti le danger et il nous a sauvé la vie. C'est le meilleur chien de tous.

— On devrait donner des médailles aux chiens plus souvent.

— Vrai, je suis d'accord. Ah! c'est un chien formidable. Il ne se trompe jamais de route. Il suit la piste la nuit, même dans un blizzard, déclare Phil avec fierté.

— C'est ça, tout le monde a son Tartarin de Tarascon, plaisante Raoul en s'approchant.

— Eh, je ne suis pas le seul à vanter mes chiens.

— Tant que tu ne contes pas fleurette à Marina...

— Poussez-vous, messieurs, j'attelle ma cariole.

Les deux hommes se regardent navrés; cette jolie femme ne veut pas donner son coeur, et tous deux sont preneurs.

— Une dernière chose, Marina! Si je gagne, tu dînes avec moi? demande Phil, éternellement optimiste.

— Ah! non. Sa soirée est à moi! s'écrie Raoul.

— Tu es capable de gagner, non? Alors elle dînera avec le vainqueur de la course. D'accord, Marina?

— Chauvinistes! Et si c'est moi qui gagne? demande la jeune femme en retenant un rire.

— Ben... Nous n'aurons plus d'enjeu, mimique Phil, l'air navré.

— Un concours! Que ne ferait-on pas au nom de l'amour, soupire Raoul.

— Et que le meilleur gagne! lance Phil, sûr de lui.

— Effrontés, vous vous conduisez comme des collégiens. Laissez-moi faire mes préparatifs.

— Oui, mais tu marches, Marina? Tu dînes avec celui qui gagne? insiste Phil.

— Ou elle choisit l'un de nous deux si c'est elle qui gagne, déclare Raoul.

— Vous me cassez les oreilles, lance Marina avec une exaspération feinte.

— Bon, je me prépare. À moi le trophée! On se verra sur la piste si tu peux me rattraper, jette Phil en retournant à ses chiens.

— OUF! et d'un, murmure Marina.

— Si la course ne commence pas tout de suite, il va sûrement débiter des histoires de son chien fantastique à d'autres oreilles complaisantes, remarque Raoul.

— Va donc! Il aime ses chiens et ne les maltraite pas, même si les pauvres bêtes sont victimes du régime miracle à la mode du jour, dit gentiment Marina.

— Toujours généreuse.

— Allons chercher nos numéros. Pierre et Cindy vont exercer mon équipage.

Les jeunes gens, qui attendent l'occasion de se réchauffer, s'empressent de prendre un chien chacun pour lui faire faire le tour d'un champ enneigé. Marina regarde avec orgueil la longue foulée souple et ferme d'Oukiok et de Chukchi, au museau blanc et aux yeux bleus. Les deux arrières puissants dont la force doit retenir l'attelage dans les tournants.

Lorsque Marina revient avec son dossard, c'est au tour de Tezzero et Inuka, les ailiers, de se dégourdir les pattes au bout de la laisse. Leur pelage roux et beige semble parsemé d'or au soleil. Eux aussi ont le masque blanc et les yeux bleus. Marina attend que Pierre et Sandy reviennent chercher Tuktuk et Arnatak qui, eux, courent à l'avant de l'attelage, derrière Kranorsouak, le chef. Tous trois sont noirs et blancs aux yeux bleus.

Personne d'autre que Marina n'exerce Kranorsouak qui se redresse fièrement. En tout, sept beaux chiens à allure noble composent l'équipage de la jeune femme pour cette course mi-distance. La plupart des autres concurrents en attellent huit ou, comme Phil, neuf.

Les attelages se rangent. Phil a tiré le numéro quatre. Marina le sept, et Raoul le quinze. Un des derniers à partir, il préférerait être plus à l'avant pour avoir l'occasion de surveiller Phil de plus près.

Des vagues de bruit montent de la foule entre les annonces que les haut-parleurs hurlent par-dessus la cîme des arbres. Les chiens à l'attache s'excitent.

On a besoin de tous les aides et des bénévoles pour retenir les traîneaux. Les chiens attelés en tandem, et sentant le départ proche, tirent vers l'entrée de la glissière. Quelques chiens hargneux cherchent querelle à leurs voisins mais ils reconnaissent les signes, les bruits, l'agitation. Ils savent que dans quelques minutes, ils s'en donneront à coeur joie.

Enfin, le tour de Marina dans la glissière arrive. Une paire de mains retient un chien de chaque côté du trait central du traîneau, sauf Kranorsouak; sur ordre de Marina, personne ne le retient. Il tire juste assez sur le trait pour qu'il soit tendu mais n'y met aucune force. Vrai chef de file, un peu dédaigneux, il se retourne pour regarder son équipe puis sa maîtresse. Il entend le compte, cinq, quatre, trois. Il regarde droit devant. Deux, un, PARTEZ! Au même moment, une voix familière crie, "Allez, vas-y!" Quelque chose dans le ton fait battre son coeur de chien, car Kranorsouak décolle des quatre pattes en même temps et, derrière lui, vingt-quatre autres pattes se soulèvent et retombent en cadence.

Debout sur les patins, Marina s'accroche à l'arceau arrière. Le règlement exige que les conducteurs soient sur les patins au moment du départ; bien inutilement car la puissance avec laquelle les attelages démarrent ne permettrait à personne de courir derrière le traîneau.

Une centaine de mètres plus loin, par contre, Marina commence à pédaler; le pied droit sur le patin, le gauche poussant sur la piste et se levant très haut derrière elle sous le coup de l'élan. Cette manoeuvre allège le traîneau. Non pas que Marina soit bien lourde mais elle croit fermement que le conducteur doit fournir autant d'efforts que les chiens dans la course.

Aussi magnifiquement entraînée que son équipage, elle court et pédale la plus grande partie du trajet. Si tous les conducteurs aident leurs chiens de cette manière, dans les passages difficiles du parcours, peu d'entre eux ont développé l'endurance de cette jeune femme menue.

La piste quitte Devil's Punch Bowl pour

s'enfoncer entre les arbres et bientôt, ce sont les collines. Certaines ont une longue pente d'approche, d'autres une côte raide mais courte. Là, loin de l'aire de départ, il n'y a que le silence feutré de la nature. Marina sourit en respirant l'air vif qui lui pique le nez de mille aiguilles.

— Doucement!

L'équipage cesse de courir à fond et adopte le long trot. L'haleine des chiens crée un nuage de vapeur autour de leur museau et du givre sur leur moustache tandis que les patins glissent avec un crissement joyeux sur la neige tassée. Jetant un coup d'oeil à sa montre, Marina estime qu'elle parcourra les trente-deux kilomètres en quatre-vingt-dix minutes, peut-être même en soixante-quinze minutes au train que l'équipage mène, ce qui ne sera pas un record de course mais un temps excellent. La semaine dernière, n'a-t-elle pas gagné les seize kilomètres en trente-deux minutes et quarante et une secondes?

Les yeux rivés au sol de la piste, elle n'a guère le temps d'admirer les arbres que le soleil dépouille lentement de leur gangue glacée; il faut surveiller le terrain de près afin d'éviter tout obstacle imprévu. Soudain, une masse sombre et remuante apparaît au-delà du tournant. Elle a passé les deux premiers postes de contrôle et il n'y en a pas d'autres avant que la piste ne rejoigne celle du Devil's

Punch Bowl. Ce n'est donc pas un poste. Un animal sauvage? C'est possible dans cet immense parc de quelques milliers d'hectares de nature intouchée.

Marina se rapproche et voit un traîneau arrêté. Il doit avoir versé. Arrivée à sa hauteur, elle reconnaît l'équipage de Phil.

— Whoa, stop!

À regret, son équipage obéit et elle enfonce l'ancre à neige d'un coup de botte.

— Attends, reste.

Les chiens acceptent les ordres à contrecoeur mais ils ont l'habitude : tant que Kranorsouak ne bouge pas, les autres ne bougeront pas non plus.

Phil est en mauvaise posture. Plusieurs de ses chiens sont détachés. Le jeune homme, essoufflé, court à travers bois derrière Tarkovitch qui, lancé au galop, monte sans effort vers le sommet de la colline. Marina s'est arrêtée sans hésiter; elle n'y est pas obligée. Toutefois, au nom de la fraternité des gens de course de traîneau, elle accepte de perdre des minutes précieuses de son temps pour aider un concurrent qui sera disqualifié, si les juges voient qu'il lui manque un chien à l'arrivée.

Plusieurs attelages passent. Raoul lui offre de l'aide et injure copieusement Phil, trop loin pour entendre. Inutile d'essayer de convaincre Marina de laisser le grand hâbleur se débrouiller seul, elle n'écoutera que sa conscience et son bon coeur. Pour elle, gagner n'est pas le plus important; le plaisir de l'effort, une course bien courue lui donne autant de satisfaction que le premier prix.

Finalement, elle attrape, non sans mal, deux chiens farceurs qui s'amusent énormément de la situation. Un troisième vient se ranger placidement à côté de ses compagnons. Huit chiens dont les traits et les cordes d'attache sont enchevêtrés. Marina s'assure que les mousquetons des harnais sont bien fermés, accroche l'ancre à neige autour d'un arbuste et, contente de sa bonne action, rejoint son attelage. Kranorsouak attend impatiemment le signal et le traîneau vole dans le tournant.

Arc-boutée sur les patins, les yeux rivés au sol de la piste, Marina se penche en relevant le patin droit avant de le faire retomber d'un coup sec au-delà de la courbe. Une montée se présente, la jeune femme saute lestement entre les patins et court en encourageant les chiens de la voix.

Bientôt elle rattrape un attelage soufflant à mi-chemin. Sur le qui-vive, elle les double avec précaution pour éviter d'emmêler les équipes canines. Les huskies de Sibérie adorent les rencontres sociales... même au milieu d'une course.

De loin, elle reconnaît Raoul et arrive rapidement à sa hauteur. Kranorsouak ne manifeste aucune intention de ralentir et, ma foi, elle a perdu assez de temps. Les deux attelages courent un moment côte à côte.

— Phil a récupéré ses chiens? lance Raoul.

— Il courait encore derrière son chef de file mais j'ai attaché les autres.

— Tu es trop bonne!

— Merci, je vais essayer de reprendre mon temps, crie-t-elle joyeusement.

— Va de l'avant. J'ai été trop vite dans la montée, faut qu'on souffle.

— Vas-y Kranorsouak!

Le chien donne un bref coup de voix et l'équipage accélère. La jeune maîtresse commence à s'essouffler mais elle ne démord pas. Elle ralentit toutefois dans la longue descente qui rejoint la piste du Devil's Punch Bowl. Les attelages qui abordent cette pente trop vite versent et retardent les mushers car, en bas de la côte, la piste bifurque brusquement.

— Gauche! hurle la jeune femme.

L'équipage tire vers la gauche. Les deux arrières, entraînés vers la droite, tricotent des pattes de toutes leurs forces pour compenser l'élan centrifuge qui envoie le traîneau droit de l'avant. Marina tord l'arceau d'appui en y mettant tout son poids pour que la pression relève la cambrure des longs patins en les engageant dans la courbe, et le traîneau file sans heurt derrière les chiens. Les tournants abrupts sont toujours difficiles à négocier. Au poste de contrôle, elle voit trois attelages et la joie l'envahit. Elle a remonté son temps.

Passer la ligne d'arrivée est toujours un moment glorieux. Les Sibériens, qui commencent à sentir leur niche et le fumet des barbecues un ou deux kilomètres avant l'arrivée, se déchaînent en tirant et courant encore plus vite. Puis il y a les spectateurs qui crient des encouragements, les chiens attachés qui ne participent pas à cette épreuve et hurlent leur impatience; toute cette cacophonie donne envie aux attelages de se joindre au tintamarre et les fait bondir vers l'arrivée.

Fini!

*   *   *

Surprise, Marina remarque que Phil est déjà là. Deux conducteurs s'approchent en fronçant les sourcils. Raoul parle d'un ton vif, les mushers se rassemblent. Marina ne comprend pas que Phil soit devant elle. Les officiels s'agitent, se passent des papiers et on annonce le gagnant de la première épreuve.

— Attention, mesdames et messieurs,

l'épreuve B de la catégorie huit chiens et plus a été remportée par Phil L'Heureux!

La foule applaudit et crie, couvrant la voix de l'annonceur qui énumère les temps de la course, et le nom des autres concurrents par ordre de placement.

— Mais il était derrière moi, bredouille Marina.

— Et après l'incident des chiens détachés, il était également derrière moi. Je suis parti presque le dernier, ajoute Raoul.

— Ce n'est pas possible. Comment peut-il arriver avant moi, il ne m'a pas doublée.

— Il ne m'a pas doublé non plus...

— Je sais!... Il a dû descendre la coulée le long de la falaise du Devil's Punch Bowl, s'exclame Marina abasourdie.

— Au risque de se casser le cou, grogne Raoul.

— Rien n'oblige les mushers à faire le tour par la longue pente. Il suffit de passer par les postes de contrôle, gronde Marina en secouant la tête.

— Tu as raison, confirme Raoul en faisant la grimace. Ça manque d'esprit sportif. On se fie à l'intégrité des coureurs.

— Mais théoriquement, nous ne pouvons pas l'accuser d'avoir triché.

— Gagner à tout prix! Risquer son honneur et sa réputation pour gagner le pari. Pour dîner et danser avec toi. Comme si ça suffisait à gagner l'amour d'une femme! murmure Raoul navré.

Marina fait quelques pas, un peu pour ne pas entendre les insultes dont ses camarades abreuvent Phil à mi-voix mais surtout parce que l'ordre des choses est bouleversé. Elle en est préoccupée sans en trouver la cause. La routine de fin d'épreuve est différente.

— Raoul!

— Je t'écoute, Marina.

— Qu'y a-t-il de changer aujourd'hui?

— Tu es deuxième et tu t'attendais à être première.

— Non, idiot! D'habitude Phil est occupé à attirer l'attention des badauds en expliquant pourquoi il a presque gagné ou pas gagné ou même gagné la course, mais regarde-le.

— Ben quoi? Il rentre ses chiens dans leur niche au lieu de les faire marcher pour le défoulement et la circulation sanguine après l'effort.

— Non, pas ça. Son comportement m'étonne. Cette course est l'une des plus importantes avant le championnat : arriver premier est un coup de maître. Pourquoi ce vantard n'exploite-t-il pas sa réussite?

— Il devient plus gentil à ton contact, soupire Raoul.

— Tais-toi! Quelque chose cloche! Tiens, l'officiel t'appelle, ajoute-t-elle rapidement pour se débarrasser de Raoul et réfléchir en paix.

Marina a beau regarder : les chiens, le traîneau, Phil, la camionnette, elle n'arrive pas à déterminer ce qui la gêne.

Personne ne semble vraiment s'intéresser aux derniers résultats, Marina encore moins que les autres. À distance, elle fait le tour de la camionnette de Phil. Rien d'anormal. Tout à coup, son regard est attiré vers la piste. Plissant les yeux, elle aperçoit un point noir apparaître, disparaître et reparaître derrière les replis du terrain. Il se rapproche. Bizarre! Tous les traîneaux sont rentrés. Enfin, on distingue un chien solitaire. Tous les spectateurs fixent les yeux sur lui.

Tout fier. La queue en l'air. Tarkovitch l'infaillible qui, après avoir folâtré dans les bois et suivi la piste officielle sans erreur, jusqu'au bout, fait son entrée dans un silence

70

solennel, ponctué de brefs hurlements et de jappements plaintifs.

C'est donc ça! Il manquait un chien à l'équipage. Phil n'avait pas réussi à rattraper son chef de file et comptait que Tarkovitch, en husky typique, se baladerait toute la nuit avant de songer à revenir.

Le juge vérifie la marque du chien et se tourne vers Phil. Le mot tombe sèchement :

— Disqualifié!

Un geai bleu s'envole soudain en poussant des cris stridents. Des moineaux, pépiant à qui mieux-mieux, s'approchent sans vergogne de la pâtée des chiens attachés. Les sons des humains et des bêtes s'enflent comme de longs soupirs sous le ciel du bleu le plus pur. Le vent emporte des rêves d'amour effrités.

La course continue.

François Lentz, né en France, est professeur à la Faculté d'Éducation du Collège universitaire de Saint-Boniface. Depuis la fin de ses études universitaires, il a oeuvré dans divers pays : Mexique, France, Chine, Canada, Espagne, dans le domaine de l'enseignement du français, et a publié divers articles dans cette discipline. Marié à une Manitobaine, père de deux enfants, François Lentz s'est établi au Canada à l'été 1987.

CLIN DE LUNE

François Lentz

Brutalement, il se réveilla et son corps se redressa à moitié. Être arraché aussi brusquement du sommeil lui avait en quelque sorte causé un choc. Il chercha à comprendre quelle pouvait en avoir été la cause : un court instant, il fouilla dans sa mémoire immédiate; en vain : rien, pas même le moindre souvenir d'un rêve. Cette constatation ne l'étonna guère, lui qui disait ne pas se rappeler ses rêves. Sa perplexité fut cependant tempérée par la sensation que tout paraissait normal : sa femme dormait paisiblement à ses côtés, la chambre et la maison étaient plongées dans un profond silence, la lune projetait à travers la grande fenêtre une lumière rousse qui découpait sur les murs les silhouettes des meubles qu'il reconnut familières.

Il fut pourtant surpris par la diffusion de cette clarté lunaire dans la chambre : le visage de sa femme, sous cet éclairage inhabituel, exerça soudain sur lui une profonde attirance, il se tourna vers elle et la regarda, amoureusement. Avait-elle ressenti, dans la plénitude de son sommeil, l'intensité de son élan? Il sentit ses bras l'entraîner vers elle — qui dormait pourtant — et ils s'enlacèrent bientôt. À peine l'étreinte relâchée, il fut à nouveau frappé par cette même quiétude sur son visage, puis l'ampleur de la lumière le ressaisit.

En se levant et se dirigeant vers la fenêtre, il eut l'impression, furtive, d'être animé par une sorte d'appel auquel il ne faisait que répondre. De l'autre côté de la grande vitre, rien d'inhabituel non plus : la petite forêt d'arbres qui jouxtait la maison, le talus qui la bordait et, au-delà, le parc, éclairé en son centre par un puissant projecteur blanc; plus loin, d'autres maisons alignées dans la nuit silencieuse. Pourtant, tout ce qui s'offrait à sa vue paraissait vibrer d'une tonalité particulière : on aurait dit que la couleur rousse avait imprégné le moindre objet et s'était engouffrée dans les interstices les plus ténus avec une telle force qu'elle irradiait de partout, donnant à ce paysage une touche irréelle.

Ébahi par ce spectacle littéralement fantastique, il lui sembla cependant que cette lumière, presque envoûtante, ne jaillissait de nulle part ailleurs que de la lune; mais, en même temps, elle paraissait se refléter sur le sol pour mieux en rebondir, jusqu'à sa source et, de là, s'élancer à nouveau dans l'immense profondeur de l'espace noir.

Il restait debout, figé contre la fenêtre, comme subjugué par cette vision incroyable; il se surprit cependant à se souvenir brièvement d'une scène d'un film vue le soir même : la même présence lumineuse, établie par un gigantesque vaisseau spatial. Ici par contre, c'était la lune, ordinairement si familière, qui semblait illuminer l'espace; elle était immense... Soudain, l'astre captiva son regard : incrédule, il vit des anneaux roux se détacher du cercle; sans cesse, de nouveaux succédaient aux précédents qui se dispersaient dans l'espace en scintillements multiples. Il lui sembla à un moment que ce mouvement s'intensifiait à un point tel que l'astre ressemblait à une boule de lumière incandescente. Puis, en un instant, ce fut le noir complet mais ses yeux n'eurent pas le temps de s'accoutumer à cette brutale rupture que l'astre roux réapparut : il était désormais exactement en face de lui et l'étrange lumière qui en émanait s'était atténuée de beaucoup.

Soudain, il n'en crut pas ses yeux : les

taches qui sillonnaient la surface lunaire se mirent à bouger, lentement, pour former un dessin qui ressemblait fort à une figure humaine — ...la sienne — et qui se mit à lui adresser des clins d'oeil! Il était abasourdi mais la fascination qu'exerçait sur lui son espiègle double lunaire dut lui enlever toute frayeur puisque ce fut bientôt une autre lune dont il eut, face à lui, la vision : celle du "Voyage dans la lune" de l'illusionniste cinématographique de génie qu'avait été Georges Méliès. La complicité établie par les clins d'oeil l'envahit alors tellement qu'il y répondit mais sans réelle connivence, comme si ses réponses avaient été programmées...

À un moment, un léger bruit provenant de derrière lui le fit se retourner : sa femme n'était plus dans le lit. Alors il sentit la peur, son désarroi fut augmenté par la disparition de la lune qui avait cédé la place, à nouveau, au noir complet; il se précipita, sans réfléchir, en bas des escaliers qui menaient à la porte d'entrée de la maison; celle-ci était ouverte, au dehors il reconnut une silhouette — sa femme —, la tête levée vers le ciel. Il s'arrêta, leva lui aussi la tête et s'approcha d'elle; la lune avait repris ses étranges apparitions ponctuées de clins d'oeil : le noir alternait avec un visage — tantôt le sien, tantôt celui de sa femme. Elle lui prit la main, sans le regarder et ils restèrent tous deux, bouche bée, dans le silence de cette nuit chaude; aucun mot ne fut échangé... Lorsque la lune reprit, brutalement, son aspect habituel, sa femme l'entraîna, en courant, à l'intérieur de la maison, se précipita, toujours en silence, vers le lit et se rendormit immédiatement.

Le comportement étrange de sa femme augmentait son incompréhension; il voulut parler avec elle, la secoua de toutes ses forces, en vain. Il descendit alors à la cuisine et s'assit, face à la fenêtre; il était comme assommé mais il remarqua bientôt que la lune avait repris sa position initiale. Machinalement, il appuya sur le bouton de la radio posée sur le comptoir : une musique en jaillit, associée à l'espace, au cosmos, aux voyages interstellaires — de grands phrasés mélodieux, utilisant au mieux les possibilités des synthétiseurs.

Il se laissa entraîner dans une rêverie mélancolique; des images furtives lui traversèrent l'esprit, chargées d'émotion : son premier contact avec l'amplitude du lac Winnipeg qu'il associait depuis à la mer; la griserie voire la fascination qui l'envahissaient chaque fois qu'il contemplait le ciel, d'un bleu immense et profond, des Prairies; des lieux de ses voyages antérieurs, gravés en lui parce qu'associés à des sentiments de profond bien-être qui font désormais partie d'un passé irrémédiablement impossible à revivre...

La musique changea : un blues à vous ficher le blues, un saxophone nostalgique. Il se laissa emporter; aux images succédèrent des états d'âme, colorés par les mythes : le "mal-vivre"... Une chanson de Daniel Lavoie, qu'il reconnut à la première note, le ramena, paradoxalement, à la réalité :

T'as usé tes souliers à rêver de partir

T'as jamais mis les pieds plus loin que tes désirs.

Il remonta vers la chambre et, au moment de se recoucher, il fut, à nouveau, frappé par l'expression du visage de sa femme, sous la lumière rousse de la lune : cette même quiétude qu'il avait remarquée lorsqu'il s'était réveillé quelques moments plus tôt — qui lui parurent avoir duré une éternité. Et soudain, il sentit ses bras l'entraîner vers elle — qui dormait pourtant — et ils s'enlacèrent bientôt...

Brutalement, il se réveilla et son corps se redressa à moitié.

— Coupez! s'écria le metteur en scène. C'est très bien comme ça, bien mieux que la première fois! Lumière!

Les projecteurs illuminèrent la chambre ou ce qui en tenait lieu. Le metteur en scène quitta alors son siège et s'approcha des deux acteurs pour leur donner des indications quant à la manière de jouer les scènes suivantes. Une pause fut ensuite accordée et toute l'équipe sortit rapidement du studio. Dehors, la nuit était chaude. Des propos s'échangèrent, des impressions, des suggestions, des commentaires; des rafraîchissements furent bientôt servis. Tout à coup, quelqu'un s'écria :

— La lune, regardez la lune!...

H.G. Francq, né en Belgique, émigra au Canada en 1962. Membre du Département de français à l'Université de Brandon à partir de 1964, il prit sa retraite, au titre de professeur emeritus, en 1974. L'auteur, qui réside toujours à Brandon, a publié une variété d'articles et d'ouvrages en français et en anglais de caractère littéraire et historique, et de fiction. Ses derniers ouvrages : The File of the Man Behind the Mask, The Dreyfus Affair *(en collaboration avec Dr. Mary Pankiw) et* Hitler's Holocaust: a fact of History. *À paraître :* The Master Race Scrap Book *et* Jennie and Man's cutthroast World — A satire.

ÉCHAFAUD POUR ADULTÈRE

H.G. Francq

Quand Fernand et Flore avaient acquis la maison de campagne de leurs rêves, ils lui avaient donné le nom idyllique d'Herbes Folles. La propriété était située à proximité d'un bois dont un sentier menait directement au village à un kilomètre et demi. Fernand s'y rendait deux ou trois fois par semaine et, ce matin-là, ayant couvert deux fois cette distance, il rentrait au logis portant le panier empli des victuailles — la semoule, la cannelle, les oeufs et la margarine "Country Crock", la seule qui plaisait à Flore — que sa chère petite épouse l'avait envoyé chercher. Et le thé? Allons, bon, il avait oublié le thé. À tout hasard il avait acheté de la corde de jute qu'il avait trouvé particulièrement lisse, et de prix avantageux, mais il avait oublié le thé, et depuis le matin Flore n'avait fait que geindre parce qu'elle avait été privée de sa tasse au petit déjeuner.

— Bien entendu, grinça-t-elle dès qu'il fut arrivé, il n'avait pas pensé au thé parce qu'il ne buvait jamais de cet infâme Lapsang-Souchong au goût de tabac dont Flore raffolait. Ah, s'il s'était agi d'une petite douceur!

— Eh bien, non, dit Fernand timidement, il n'y avait pas pensé car il n'était pas un égoïste et il n'aurait jamais voulu rapporter des sucreries que sa charmante moitié détestait. Mais la charmante répondit que monsieur avait voulu dire qu'il n'en avait pas eu envie, tout simplement. Mais une corde! Une corde? Dame, il fallait qu'il soit fou.

— Il n'avait cependant jamais été question, ajouta-t-elle, d'une voix sifflante, d'étendre plus de linge qu'elle n'en avait et qu'elle faisait sécher sur cette autre corde, oui, celle-là qui lui crevait les yeux, tirée dans le jardin d'un arbre à l'autre. Il aurait dû s'en souvenir; il l'apercevait tous les jours, n'est-ce pas? Pourtant, au magasin, il en avait acheté de la nouvelle.

— Oh! pas tant de criailleries! De la corde, voyons, ça sert toujours à la campagne, protesta-t-il pour se défendre.

— Tiens, à quoi? Fernand n'avait pu, sur le moment, trouver de réponse à la question traîtresse. Enfin, on attendrait; ça viendrait toujours à point.

— Soit, mais lorsqu'on tire le diable par la queue, quelle idée d'aller acheter de la corde? lui répétait la chérie.

Est-ce qu'elle allait se taire, à la fin? Il avait acheté de la corde, et puis, quoi, la belle affaire!

Oui, certainement, cette corde de dix mètres servirait un jour, mais Flore aurait tant voulu sa tasse de thé! Les choses en étaient à ce point, mais inévitablement, la rengaine allait reprendre.

Oh! horreur! qu'apercevait-elle de surcroît? Tous ces oeufs cassés! Quelle omelette! Il en avait fait de belles! Il aurait tout de même pu savoir ou deviner que des oeufs ne sont pas faits pour être écrasés dans un panier!

Écrasés... écrasés! Par qui? L'imbécile, ce n'était pas lui; c'était l'épicier qui les lui avait fourrés au fond du panier... L'imbécile! Évidemment, avec la corde par-dessus. C'est cela, susurrait-elle encore, qu'elle avait vu de loin.

Quelle menteuse, alors! Elle n'avait rien vu du tout. Qui, sauf l'omnisciente Flore, évidemment, pouvait voir à plus ou moins cinquante pas à travers le tressé du panier une corde si malvenue?

En tous cas, disait-elle toujours entre ses dents, il n'y aurait pas d'oeufs pour le déjeuner, voilà! Cependant elle les ramassait à la cuillère au fond du panier, blancs et jaunes mêlés à Dieu sait quelle poussière. Elle les brouillerait davantage et on les mangerait pour souper, bien qu'elle aurait aimé faire une grillade ce soir-là. La poisse, commençait-elle à gémir, c'est qu'il n'y avait plus de glace dans la boîte; la viande ne se conserverait donc pas.

Eh bien, ils pouvaient manger la grillade le soir même, comme elle le voulait, et mettre les oeufs dans un bol et le bol au frais, quoi! C'était bien facile.

Au frais? Et où donc, monsieur?

Oh! pas tant d'histoires, hein? Elle pouvait aussi cuire les oeufs et la viande et réchauffer celle-ci le lendemain, non? Ce n'était pas bien compliqué.

Ah! ça, alors, c'était bien lui : manger de la viande réchauffée alors qu'il aurait été si simple de la manger fraîche.

À ce point du dialogue de sourds, Fernand voulut capituler et tapota familièrement l'épaule de la petite chérie comme au temps de la paix éternelle, mais elle se cabra,

84

prête à griffer. Il ne restait plus à Fernand qu'à dire qu'on s'en tirerait d'une façon ou de l'autre lorsque, devinant son intention, elle le prévint qu'elle le giflerait s'il disait jamais qu'on s'en tirerait de la sorte.

Il rougit, avala sa salive, ramassa sa corde et se disposa à la mettre sur une étagère. Comme ça, elle laisserait tomber la question des oeufs et de la viande. Grave erreur! L'étagère était exclue.

— Ah! non, pas ça... La place des pots de confiture! Pas question, mon ami. Elle défendait l'ordre avant tout.

Tiens, tiens! Et ce marteau et ces clous, que faisaient-ils là alors qu'elle savait très bien qu'il en avait besoin à l'étage? Il fallait toujours qu'elle complique tout à vouloir, sous prétexte d'ordre, ranger les choses à un endroit dont on ne souviendrait pas.

Aussitôt, elle répliqua qu'il avait perdu une bonne occasion de se taire — ce qui à elle n'arrivait jamais — car précisément, si elle avait su qu'il aurait besoin du marteau et des clous, par pur esprit de contradiction elle les aurait laissés là, en plein milieu de la chambre, s'il voulait le savoir; oui, en plein milieu de la chambre, pour bien trébucher. Mais maintenant, ça n'irait plus comme ça, oh, non! Il n'aurait plus qu'à enlever tout son fourbi, sinon elle jetterait toute cette ferraille dans le puits.

Ça va, ça va... Pourrait-il au moins mettre ses affaires dans le placard? Ah, non, absolument pas! Le lieu des brosses, des balais, de ses tabliers et autres affaires à elle. Quelle trouvaille! Et quant à la corde, oubliée un instant, hors de la cuisine!

Oui, la cuisine puisqu'il y avait sous ce toit le grenier et cinq autres pièces dont trois étaient vides de meubles, et toujours inoccupées.

Ça y est : elle disait encore des bêtises. Le prenait-elle vraiment pour un idiot, des fois? Mais non, il lui fallait quelqu'un à tyranniser. Dommage qu'elle n'avait pas eu d'enfants; elle aurait pu reporter sur eux son instinct de domination et épargner son mari.

Blêmissant, elle trouva bon d'insister. N'avait-il pas, hein, oublié le Souchong et rapporté plutôt de la corde? Ça ne se boit pas, pourtant! C'était vraiment le bouquet! La priver de thé, quelle honte! Dire qu'il fallait tant de choses, excepté de la corde, naturellement, pour mettre la maison en état d'être habitée, et qui était loin de l'être, dix-huit mois après leur installation. Elle en était désespérée.

Dieu de Dieu, pensait Fernand, excédé, était-ce possible de faire tant d'histoires pour un morceau de corde? Décidément, qu'est-ce qu'elle avait dans le corps? Il l'aurait secouée avec un plaisir intense s'il avait pu de cette façon la faire taire. Mais elle, ce qu'elle souhaitait, c'est qu'il la laisse tranquille, qu'il parte sur l'heure.

Oh! si ce n'était que cela, bien sûr, il partirait. Il ne demandait pas mieux, et même il ne rentrerait plus du tout si elle voulait!

Très bien, alors : qu'attendait-il? C'était bien le moment, pourtant, de l'abandonner quand toute la maison était sans dessus dessous et elle, sans un radis en poche et ayant tout à faire dans le ménage. Il était étonnant qu'il ne fût pas resté au village pour se débiner!

Ah! la peste! Voilà qu'elle recommençait à dépasser les bornes. Allait-elle l'écouter à la fin des fins? Pourquoi était-il resté seul à la ville à travailler? Pour lui envoyer de l'argent, non? Et ç'avait été le seul moment où il l'avait laissée se débrouiller.

Oh, oh, oh! C'était un peu fort! Elle savait ce qu'elle devait penser de son séjour à la ville, oh, oui!

Qu'était-ce là encore pour une insinuation? Une fois de plus, cela ne pouvait manquer, elle allait sortir tout son paquet. Eh bien, elle pouvait penser ce qu'elle voudrait. Il était las d'expliquer : il avait été accroché; oui, "accroché"; c'était assez drôle, mais qu'aurait-il pu faire? Rien n'est plus facile à

une femme que d'ensorceler un homme seul!
Mais elle, sa femme légitime, elle en faisait
du chahut à présent! Avait-elle oublié ce
qu'elle avait dit à son retour? Elle n'avait
jamais été aussi heureuse pendant ces quinze
jours. Évidemment, elle, la femme adultère,
courant la prétentaine avec Pierre, Paul et
Jacques! Donc, ferme plutôt ton bec, ma
petite!

Il en avait de l'audace de l'insulter et
puis, ce qu'elle avait voulu dire du bonheur
qu'elle avait éprouvé, c'était le plaisir qu'elle
avait pris à mettre la maison en ordre, rien
de plus.

La rosse! La vérité était que son
bonheur, pendant l'absence de l'époux bafoué,
c'était justement toutes les joies de la trahi-
son auxquelles elle avait goûté. Ce plaisir
ardent ne lui avait même pas suffi. Égrenant
son chapelet, elle avait adressé — et n'en
avait pas perdu l'habitude — des prières à
Dieu pour qu'Il protège ses amants! Je vous
demande un peu! Petite gouape!

Mais lui, là, l'innocent, sortir une
chose qu'elle avait dite il y a près d'un an
pour justifier l'omelette, la corde et l'oubli du
Souchong, non, vraiment, il avait un sacré
culot. Il était temps de tourner la page et
pour cela, c'était bien simple, elle ne voulait
que deux choses et le plus vite possible : qu'il
la débarrasse de la fichue corde et qu'il

retourne au village chercher du thé. Et tant qu'il y serait, il pourrait prendre trois mètres de toile à matelas aux Dry Goods, chez le pharmacien des gants de caoutchouc, pour l'amour de Dieu, — non pas pour l'amour de Dieu, mais pour ses mains gercées par les lessives de son linge à lui, et un flacon de glycérine; enfin, à la quincaillerie, un tamis et trois litres de javel pour laver les saletés de monsieur.

— Quelles saletés? cria Fernand hors de lui. Quelle nouvelle, ignoble accusation était-ce encore là? Il se retint de poursuivre, et sous un rire jaune, il répondit, bon enfant, qu'il ferait toutes les courses qu'elle voudrait, elle pouvait y compter. Du reste, avant qu'elle ne lui jette ses saletés au visage, Fernand ne lui avait-il pas déjà dit qu'il retournerait au village? Ne pouvait-elle patienter un instant?

Mais si, elle patienterait! Elle laverait les vitres pendant ce temps, et justement ce n'était pas le moment de laisser traîner la corde par terre pour qu'elle s'y prît le pied.

Il la ramassa et se disposa à sortir.

Ah! il s'en allait! C'était bien lui de choisir l'heure précise où elle se trouvait en plein pétrin alors que dès le réveil elle avait aussi parlé de mettre le matelas au soleil pour le réparer. Bien entendu, il la laisserait se débrouiller toute seule, un bon exercice comme celui-là!

Fernand pensa qu'elle avait assez râlé. Il répéta qu'il irait chercher sa boîte d'une demi-livre de Souchong. Ça lui ferait trois kilomètres de plus, aller et retour dans les guiboles. C'était parfaitement ridicule de se plier de bonne grâce, mais il irait; il n'avait qu'une parole.

Quant à elle, s'il croyait qu'elle s'en faisait parce qu'elle était privée de thé, il se trompait lourdement. Il en avait, une conscience!

Oh! ça va, hein? Qu'est-ce que la conscience avait à faire avec le Lapsang-Souchong et le matelas? En outre, ce matelas pouvait bien attendre, ou, par hasard, allaient-ils se rendre esclaves de la maison?

D'accord, renchérit-elle, ce n'était ni son travail ni le sien. Il y avait mieux à faire que le ménage mais on devait s'y mettre, tout de même, et alors, quand s'imaginait-il qu'elle aurait le temps de s'occuper du matelas?

Inquiet, Fernand se demandait si elle allait recommencer son bla-bla-bla. Elle savait pourtant que l'argent, c'était lui qui continuait à le gagner, et s'il avait fallu compter sur elle pour cela, eh bien, on aurait pu s'en passer jusqu'à la saint-glinglin.

Il ne s'agissait pas de cela du tout, nom d'un chien, mais bien de savoir, quel que fût le travail de chacun, si le ménage serait ou non partagé.

En voilà, une question! L'expérience journalière n'avait-elle pas prouvé, au contraire, qu'il était là pour aider? Ne l'avait-il pas toujours fait?

Tiens, tiens! C'était à mourir de rire, ce qu'il disait là. Où et quand avait-il aidé et à quoi faire?

Elle avait dit : c'est à mourir de rire. Mais c'était bien autre chose. Il y avait surtout des cris, et tant et plus qu'elle dut s'asseoir pour laisser passer son dépit, et que finalement ce fut l'immanquable crise de larmes. Fernand dut se précipiter, la remettre sur ses pieds, l'entraîner en courant jusqu'au puits. Là il tenta de lui verser de l'eau sur la tête, question de lui rafraîchir les idées, disait-il. Mais ce n'était pas facile de pomper de l'eau d'une main et de la maintenir de l'autre tandis qu'elle se débattait, si bien qu'il abandonna l'affaire et se borna à la secouer comme un prunier.

Elle aimait cela moins encore et elle s'échappa, retournant à la maison, toujours criant qu'il reprenne sa corde et qu'il s'en aille au diable; et l'instant d'après, l'ayant suivie, il entendit le bruit de ses pas dans l'escalier. Comme une lâche, elle se retirait dans sa chambre. Sur quoi, il sortit. Ah, ce que cette femme savait se mettre dans tous ses états pour rien. Pas un brin de raison; ça lui manquait totalement. On pouvait tout aussi bien parler à un pied de table qu'à cette femelle déchaînée. Sapristi, allait-il passer sa vie à écouter ses sornettes et à supporter ses scènes?

En attendant, il n'avait plus qu'à reporter la corde. C'était son idée à elle. Mais alors, quelle obligation avait-il, lui, de la reporter? Aucune! Cela lui paraissait clair comme eau de roche. Ce n'était, après tout, qu'un morceau de corde. Qui pourrait penser qu'elle se disputerait pour quelques mètres de corde au mépris des innocentes intentions de son mari? Aussi, zut, quand elle s'était acheté tant d'insignifiants et inutiles objets parce que tel était son bon plaisir! Il décida : cette corde resterait là, sous cette pierre près de la route, et il la mettrait dans son coffre à outils en rentrant du village.

Il se mit en marche. Le temps passa, le temps d'aller et de revenir, cette fois avec la boîte de thé, l'eau de javel, la glycérine, les gants de caoutchouc, le tamis et la toile à matelas — dont coût : 32,29 $, c'est-à-dire une dépense qui, au long du chemin, paraissait aussi lourde à porter que ce panier qu'il tenait à bout de bras. Or, voilà qu'en arrivant enfin il aperçut la pierre où il avait laissé la corde, mais de corde et d'épouse, point! Cette sacrée sorcière, cette Flore impossible, oubliant le thé qu'il était reparti chercher sur son injonction, avait-elle choisi, des fois... d'aller se pendre?

Soudain, à cette pensée, l'air parut à Fernand d'une douceur exquise. Il se dit que sa femme, découvrant la corde sous la pierre et, furieuse qu'il ne l'ait pas reportée comme il l'avait promis, réfléchit qu'après avoir envoyé son mari rejoindre Satan, il avait, par entêtement, laissé là la corde.

Allons, elle devait en finir! Cette corde il la retrouverait, non plus sous la pierre mais dans la remise, passée par-dessus la poutre... On verrait bien ce qu'il dirait alors!

Sur cette habile reconstitution des pensées, faits et gestes de Flore, Fernand se dirigea vers la remise. C'était l'ancienne écurie du propriétaire, Monsieur Macca, qui lui avait vendu Herbes Folles. Fernand n'hésita qu'une fraction de seconde devant l'huis clos où Blanc-Byron, symbole de pureté, le chat bien-aimé de Flore, semblait monter la garde. Observateur implacable, Fernand avait toujours trouvé injustifiable cette association du félin immaculé et de Flore vouée au diable et à ses oeuvres. Mais le chat n'attendait que les caresses de sa maîtresse; le reste lui importait peu; il ne se posait pas de questions. À présent, assis en potiche devant la porte obstinée, Blanc-Byron miaulait tristement. C'était de bon augure, se dit Fernand, et maître des lieux, il tira à lui les deux battants de la porte, fit deux pas à l'intérieur et, lorsque ses yeux se furent faits à la demi-obscurité du lieu, il absorba la scène du regard.

À mi-hauteur, son prédécesseur avait installé un plancher où il empilait ses balles de paille ligaturées pour son cheval. On accédait à ce niveau par un escalier branlant accolé au mur aveugle du fond. C'est par là que Flore était montée pour aller se pendre haut et court. Elle avait, non sans peine, poussé une des balles abandonnées jusqu'au bord de la plate-forme, et sur ce bloc de soixante-quinze centimètres de longueur, quarante centimètres de largeur et soixante centimètres de hauteur, elle était grimpée et avait lancé la corde de Fernand par-dessus la poutre qui traversait la remise à deux mètres et demi au-dessus de la plate-forme. La corde étant retombée, Flore en avait saisi l'extrémité, et y avait formé un noeud coulant. Ensuite, par une vigoureuse traction de l'opératrice, la corde s'était resserrée autour du madrier. La corde étant cependant trop longue, Flore l'avait lancée plusieurs fois par-dessus la poutre, jusqu'à ce qu'il lui reste entre les mains une longueur suffisante — environ un mètre et demi — pour s'y pendre, le moment venu!

Il restait à passer et à assujettir par plusieurs noeuds l'autre bout de sa corde autour de son cou fragile, travail dont elle s'acquitta si parfaitement qu'elle en eût déjà la respiration coupée.

Descendue de son promontoire, Flore le poussa de nouveau de façon à ce qu'il dépasse, cette fois, de deux tiers de sa longueur, le bord du plancher. Lorsqu'enfin elle remonta sur sa balle de paille, sa nuque à quarante centimètres sous le gibet, elle avait ce mètre et demi de corde déroulée dans le dos.

Bourreau pour elle-même, mais cependant apprentie, Flore s'aperçut alors qu'elle n'avait pu fixer sa corde assez loin sur la poutre pour qu'elle, la malheureuse, tombe et se pende par-dessus bord lorsqu'elle se lancerait dans le vide.

Il était trop tard pour changer ses dispositions. Sans autre pensée, elle n'eut plus qu'à faire vers le précipice un pas décisif. Elle fit mieux, sauta à pieds joints sur la partie en saillie de son échafaud, lequel, en équilibre instable et sous le poids de la condamnée volontaire, bascula dans l'espace et atteignit le rez-de-chaussée tandis que le corps de Flore, trop éloigné du point d'attache du filin mortel au madrier, était tiré en arrière et se mit à osciller à quelque quatre-vingt-dix centimètres au-dessus du plancher. Instinctivement, Flore avait porté ses mains à son cou déjà meurtri, mais aussitôt ses bras étaient retombés le long du corps un instant convulsé, et balancé comme au temps des parties de balançoire de son enfance. Telle fut, peut-être, la dernière image qui apparut sous ses paupières avant qu'elle ne rende son âme au diable.

De son exécution si bien accomplie, il y avait une demi-heure à peine, et à présent, Flore n'était plus qu'un cadavre tiède se balançant encore, semblait-il à Fernand, au bout de la corde fatale, celle qu'il avait achetée et qui, avait-il dit, "viendrait un jour à point".

Spectateur réjoui, Fernand regardait, avide, le visage déjà verdissant, les paupières bouffies, les lèvres bleuies entrouvertes où se poussait, mais à peine visible, la langue pécheresse. Comme par devoir, Blanc-Byron, le regard fixe, placidement miaula de plus belle. Il ne comprenait pas, ce chat chéri, que, pour une fois, sa maîtresse avait réussi à démontrer qu'elle pouvait avoir de la suite dans les idées, elle que son mari, si honteuse-ment trahi, avait toujours soupçonnée de n'en avoir aucune. En effet, elle avait choisi la seule solution qui mît fin à sa toute récente dispute, à son humeur de mégère, et à ses exploits de petite rouleuse.

En guise d'oraison funèbre, Fernand, maintenant soulagé, marmotta que la vie est parfois, mais rarement, faite de bonnes surprises, et sur ce profond apophtegme, précédant Blanc-Byron, il tourna le dos à la scène tragique et sortit. Pour la troisième fois ce jour-là il se rendrait au village, cette fois pour prévenir le commissaire de police. Il le ferait non sans joie car, ironie du sort, ce digne agent de l'ordre et de la paix était la dernière conquête de Flore!

La tête du bonhomme, lui aussi devenu si brutalement "veuf", en apprenant la nouvelle!

_____

* D'après la nouvelle, *Rope*, de Katherine Anne Porter (1890-1980).

Élizabeth Donaldson-Maguet est née à Glasgow, Scotland. À l'âge de onze ans elle est venue seule au Manitoba, son pays d'adoption. En plus d'une carrière très active dans l'enseignement, elle s'est faite fermière après avoir épousé Emmanuel Maguet; elle a aussi consacré une bonne partie de son temps à des oeuvre sociales. Membre d'un club d'écriture à Winnipeg, elle a ensuite fondé "Les Plumes d'or" à Saint-Boniface pour des francophones à la retraite. Certaines de ses nouvelles ont été publiées dans des journaux ou des revues. Son travail au sein de la Manitoba Metis Federation l'a amenée à produire une oeuvre remarquable : la traduction de Histoire de la nation métisse dans l'Ouest canadien *de A.-H. de Trémaudan, sous le titre de* Hold high your head.

LA GOUTTE D'EAU

Élizabeth Maguet

Janie McPherson se berçait doucement dans son vieux fauteuil en osier. Un soupir s'exhala de sa poitrine à la vue de la date sur le calendrier. Encore trois jours avant le prochain bon d'alimentation. Trois longues, longues journées.

Repliant les doigts de la main gauche pour soulager la douleur de l'arthrite, elle porta son regard vers les restes de son maigre déjeuner sur la petite table.

— Que ne donnerais-je pas pour une bonne tasse de thé fort et frais? Une bonne tasse de thé qui me remonterait le moral.

Elle regarda tristement la théière de

99

faïence bleue à décoration chinoise, un trésor des meilleurs jours. Peu importe la qualité de feuilles séchées et réutilisées qu'elle mettait dans la théière, le thé n'était jamais fort. Janie se redonna un peu de courage : "Au moins, c'est chaud; et dans trois jours je vais pouvoir m'acheter un autre quart de livre".

Étant corpulente, elle se leva péniblement de son fauteuil, grimaçant au tiraillement de ses jointures. Décidément, elle était restée assise trop longtemps : il y avait la vaisselle à faire.

Janie versa l'eau de la bouilloire, qu'elle prit sur le réchaud électrique, dans un petit bassin émaillé et lava quelques pièces de vaisselle disparates. En vidant l'eau dans un seau déposé par terre, elle souhaita de tout son coeur posséder un évier, avec un robinet et un égout. Cela lui éviterait d'avoir à transporter l'eau de la salle de bains qu'elle partageait avec les locataires du deuxième étage.

La chambre que Janie louait au grenier du troisième étage d'une maison de pension à Saint-Boniface était bon marché. Comme elle n'avait pas encore soixante-dix ans, elle n'avait pas droit au vingt dollars de la pension de vieillesse des années de dépression. Son veuvage et sa santé fléchissante l'avaient forcée à accepter l'argent de l'Assistance publique. C'était pour elle une humiliation, et elle en avait reculé l'échéance tant qu'elle avait pu vendre des objets de valeur, car Janie était fière avant tout de son indépendance. Mais la lutte était devenue plus dure et, dernièrement, les larmes lui montaient souvent aux yeux; elle pleurait de plus en plus pour de bon — parfois même sans pouvoir s'arrêter.

De la fenêtre, elle regarda la rue Taché enveloppée d'hiver et jugea de la température. Pas si froide qu'elle ne puisse sortir pour se procurer quelques provisions bien nécessaires.

Aucun rayon de soleil ne pénétrait dans sa pauvre chambre en cet après-midi de novembre. Le ciel était gris et couvert; par contre, des géraniums roses, blancs et rouges fleurissaient gaiement dans la jardinière, sur une forte tige. Janie caressa tendrement les feuilles souples et élastiques. Elle avait toujours aimé les géraniums ordinaires, sans prétentions mais braves. Elle puisait de la force en eux.

Jetant un coup d'oeil autour de la pièce aux odeurs de misère, elle alla redresser deux photos que le secousses des tramways passant dans la rue avaient fait pencher de travers. L'une était de son mari et, pendant un moment, le souvenir de son vieil amour illumina son visage. L'autre était la photo de son fils unique lui souriant en compagnie de sa femme et de ses enfants. Un bon garçon qui habitait maintenant Vancouver et lui envoyait quelques dollars chaque fois qu'il le pouvait.

Ensuite, sur la Singer à pédale, elle ramassa la chemise de nuit qu'elle confectionnait dans quatre sacs à farine. Le tissu était rugueux au toucher, pas comme sa vieille chemise de flanelle qui, maintenant, tombait en lambeaux. Elle la plia soigneusement, ferma le couvercle usé de la machine et le recouvrit d'un napperon brodé de couleurs vives.

Après... les ordures. À emporter en allant au magasin. Il faut économiser les jambes si l'on a de la tête. Elle renversait la théière, pour déposer les feuilles de thé sur le journal qu'elle avait ouvert sur la table, lorsqu'elle lui glissa des doigts. Hélas! Avant que Janie ait pu la rattraper, elle se brisa en mille morceaux.

— Oh, non! Pas ma théière, ma chère théière, s'exclama-t-elle, émue par une détresse soudaine.

C'était la goutte d'eau proverbiale. Fini le thé chaud, réconfortant, le thé bienvenu qui réchauffait aussi le coeur. La femme s'assit lourdement, les épaules voutées. Une fois de plus, les larmes qu'elle ne pouvait contenir s'échappèrent. Une faiblesse accablante l'envahissait.

Quelques minutes passèrent avant qu'elle ne se reprenne. Frissonnante, elle resserra sur sa poitrine un châle à la Nightingale et se leva pour ramasser les débris. Elle ferait son prochain thé dans une casserole.

Du tiroir d'un joli bureau, le seul meuble dont elle n'arrivait pas à se séparer, elle tira d'un vieux sac de faux cuir un porte-monnaie. Elle en éparpilla le contenu sur le dessus du bureau et compta : vingt-cinq, trente-cinq, quarante, cinquante cents. C'était suffisant pour ses besoins.

— Un petit peu de viande me ferait du bien, pensa-t-elle. Sur un morceau de papier, elle écrivit :

Boeuf haché, une demi-livre - 8 cents

Un oignon pour le goût - 3 cents

Lait - 10 cents

Un pain - 12 cents

Du gruau Robin Hood - 17 cents

Elle se servirait du gruau pour faire de la soupe et pour remplacer les pommes de

103

terre. Cinquante cents au total. Pas si mal! Elle mettrait la viande et le lait à l'intérieur du contre-chassis qui, avec ses trois trous d'aération, servait de glacière.

On frappa à la porte. Toc-toc-toc! Toc-toc-toc! Des coups rythmés comme un roulement de tambour. C'était Sam, nul doute, son ami et voisin de l'autre chambre au grenier. Le visage de Janie s'éclaira. Sam, un ancien combattant de la Grande Guerre, se tenait encore droit et portait fièrement une moustache pointue, bien taillée, à la mode d'autrefois. Il aimait les regards curieux et les commentaires qu'il ne manquait pas de soulever lorsqu'il en roulait les bouts cirés. Quelque peu acteur, il imitait souvent le ton de nonchalance affectée de W.C. Fields, sa vedette favorite.

Soudain heureuse, Janie ouvrit la porte, et lui fit un bon accueil.

— Bon après-midi, Madame, annonça-t-il en soulevant sa casquette d'un geste large et cérémonieux.

Ce jour-là, il semblait avoir choisi de jouer le rôle d'un gentilhomme de cour. Il continua lentement en appuyant sur chaque mot :

— Voici le journal d'hier. Régalez-vous du péché et de la violence, ou réjouis-sez de la rubrique "Coeurs heureux".

— Entrez, Sam. "Coeurs heureux" pour moi. Il y a assez de misère de nos jours.

Sam remarqua les traces de larmes mais s'abstint de commentaire. Il se contenta de dire :

— J'ai également apporté mes chaus-settes. Si vous voulez bien me les raccommo-der, je vous en serai très reconnaissant.

Ses yeux brillèrent pendant qu'il ajoutait :

— Comme d'habitude, l'oeuf à raccom-modage est dans une des chaussettes.

Petite plaisanterie personnelle qui les faisait rire tous les deux. Janie savait qu'à l'intérieur d'une chaussette, elle trouverait une orange dorée, une pomme juteuse ou quelqu'autre douceur. La présence chaleu-reuse de Sam gonflait déjà son coeur de joie.

— Venez donc manger un morceau avec moi ce soir, l'invita-t-elle impulsive-ment, désireuse de partager quelque chose. Je vais mijoter un tout petit ragoût. J'étais prête à aller faire les provisions.

— Je suis enchanté d'accepter, dit-il en

claquant les talons et en faisant un salut militaire. Capitaine Armstrong, à votre service, Madame. Six heures?

— Six heures, monsieur le capitaine, répondit-elle entrant dans le jeu d'une prétendue royauté.

À ce moment, Sam laissa tomber la manière pompeuse de son rôle et lui demanda d'un air préoccupé :

— Qu'est-ce qui ne va pas, Janie? Puis-je faire quelque chose pour vous?

Quand il vit ses lèvres se contracter, il comprit l'avertissement. Cette fichue indépendance de Janie! Il changea vite de sujet en annonçant :

— Eh bien, je vais à la Légion, près du magasin, faire une partie de fléchettes avec des amis. Je vous guetterai et je vous aiderai à porter les paquets.

— Laissez faire. Ils ne sont pas bien lourds à ce temps-ci du mois, répondit-elle en souriant.

Sam ramassa le sac à ordures et sortit, attristé comme toujours, lorsque Janie refusait son aide. À l'intérieur, elle écouta les pas s'éloigner.

Ce cher Sam! Toujours prêt à aider,

une habitude renforcée par des années de soins dévoués à sa mère invalide. Était-ce la raison pour laquelle il ne s'était jamais marié?

Janie était contente de l'avoir invité. Il apporterait du vin de merise qu'un ami fermier mettait en bouteille. Après le dîner, ils joueraient aux dames. Puis Sam fumerait une pipe et ils seraient à l'aise, ensemble, elle dans son fauteuil d'osier, lui dans le fauteuil aux coussins d'indienne fanée.

Elle trouvait une consolation croissante en sa compagnie et savait, qu'en retour, elle lui procurait l'occasion de satisfaire son besoin de chérir et de réconforter. Sam n'aimait pas voir arriver la fin de ces soirées, alors qu'il devait retraverser le couloir pour rentrer dans sa chambre vide. Un soir, sa main s'était posée sur celle de Janie. Il l'avait serrée tendrement en murmurant :

— Épousez-moi Janie. Je n'aime pas vous quitter après ces heures si agréables passées ensemble. Je suis tellement seul, Janie. Je ressens un vide parfois dans la journée, et toujours le soir. Je ressens un tel besoin de tenir une personne aimée dans mes bras, de la sentir tout près de moi. Et il y a tant de choses dont nous pourrions jouir ensemble — comme la foire de l'été dernier.

Janie sourit à ce souvenir. Ils s'étaient

conduits comme des enfants, s'amusant sur les manèges les moins dangereux et savourant un "banana split". Sam avait ajouté sur un ton persuasif :

— Ce n'est pas plus cher de vivre à deux qu'à un. Et j'ai des économies. Mais surtout, Janie, j'ai beaucoup d'affection pour vous. Je me suis même pris à aimer ce petit chignon au sommet de votre tête.

Ses bras s'étaient ouverts pour l'embrasser.

— Arrêtez, Sam.

Elle s'était dégagée rougissante.

— Laissons les choses comme elles sont. Je ne serais qu'un fardeau.

Le visage de Sam s'était crispé sous le coup de la déception; malgré le nombre de fois qu'il avait essayé de la faire changer d'avis, Janie avait fermement refusé.

— Je veux me débrouiller toute seule. Je ne veux pas gâcher les choses entre nous.

— Janie, Janie, nous passons à côté de beaucoup de bonheur, avait-il plaidé.

Passons-nous vraiment à côté du bonheur? se demanda-t-elle quand elle se retrouva seule.

Elle chassa ces pensées. Valait mieux mettre son manteau et aller faire ses courses au libre-service Piggly Wiggly qui venait d'ouvrir dans la rue Marion.

Au magasin, elle ressentit le plaisir de la chaleur et des lumières brillantes. Les étagères chargées de délices de pays lointains lui étaient toujours une source d'émerveillement. Elle s'attardait souvent devant ces étalages. Prenant un article qu'elle ne pouvait s'offrir, elle en lisait l'étiquette intrigante et le reposait avec un soupir. Mais ce jour-là, elle alla directement à la boucherie.

— Une demi-livre de viande hachée, commanda-t-elle.

— Hachée? Oh! vous voulez dire du hamburger.

Janie hocha la tête. Elle essaierait de se souvenir de ce mot anglais. Elle se le répétait mentalement pendant que le jeune homme pesait, enveloppait la viande puis marquait le prix. Ensuite, il lui fallut peu de temps pour rassembler le reste des provisions inscrites sur sa liste.

À la caisse, elle prépara ses cinquante cents. L'employé enregistra les prix en chantonnant d'un ton monotone :

Oignon, 3 cents

Lait, 12 cents

Pain, 12 cents

Gruau, 17 cents

Viande, 11 cents

Cinquante-trois cents, Madame.

Janie sursauta. Onze cents la viande? J'ai demandé une demi-livre. Il a dû m'en donner davantage.

Elle se sentit très embarrassée. Devait-elle retourner à la boucherie? Ou laisser l'oignon? Avait-elle peut-être, par chance, quelques cents dans son grand sac à main. Elle enfonça la main dans les profondeurs de cuir, cherchant fébrilement du bout des doigts. Rien!

Très mal à l'aise, la sueur lui coulait dans le dos. Était-ce de la pitié qu'elle voyait sur le visage de l'employé. De l'impatience dans la file de clients qui attendaient? Avait-elle entendu un ricanement, là-bas au bout du comptoir? Une prière intérieure s'éleva dans son coeur : "Mon Dieu, aidez-moi".

Elle se sentit déchirée, mise à nue. Sa pauvreté exposée aux yeux de tous! Et de nouveau les larmes, ces larmes qui brûlaient ses yeux jusqu'à l'aveuglement. Elle porta la

main à la poitrine pour en arracher l'étouffe-
ment qui la tenaillait. Il fallait qu'elle
s'échappe! Vite! Dehors!

Ne voyant presque rien, elle se dégagea
du comptoir, en abandonnant provisions et
argent, trébucha en passant la porte battante
et tituba aveuglément dans la rue froide.

Tout le long du chemin jusqu'au Hall
de la Légion, la pauvre femme allait, les
épaules soulevées de sanglots incontrôlables.

— Sam! oh! Sam! Où es-tu? J'ai besoin
de toi.

Annette Saint-Pierre a oeuvré dans les écoles manitobaines d'abord et ensuite au Collège universitaire de Saint-Boniface. Ses études et surtout son amour de la langue française l'ont amenée à s'intéresser d'une façon particulière à la littérature de l'Ouest canadien. Co-fondatrice des Éditions du Blé et du Centre d'études franco-canadiennes de l'Ouest, elle a aussi co-fondé les Éditions des Plaines qu'elle dirige depuis 1979. À part des articles, elle a publié deux essais, deux romans et un répertoire littéraire de l'Ouest canadien.

C'EST MOI! JACQUELINE?

Annette Saint-Pierre

— J'en ai tellement entendu de ces belles romances, soupira le professeur. Mais j'ai surtout pitié de votre mari.

— Pas moi, rétorqua Jacqueline. La secrétaire de Bernard...

Celle dont les yeux enjôleurs auraient pu conduire à la damnation le plus fervent des Trappistes refoula la calomnie qui lui brûlait les lèvres. Pour mieux convaincre l'homme qui l'écoutait dans son bureau, après un cours du soir, un léger mensonge sur la conduite de son mari aurait été un bon argument. Mais elle en refusa l'idée, redressa fièrement la tête et secoua sa chevelure ondulée.

Fille d'Ève pur sang, Jacqueline était taillée au couteau, comme le claironnait un oncle libidineux chaque fois qu'il l'embrassait de sa grande bouche mouillée. Hélas! l'ange de beauté avait souvent la larme à l'oeil et risquait de perdre ses charmes depuis son arrivée au Manitoba.

Installé dans un domicile bourgeois de Winnipeg, le couple Létourneau avait désespérément tenté de nouer amitié avec des Manitobains. Jacqueline voulait apprendre à s'exprimer dans un meilleur anglais afin d'acquérir une contenance au sein de la société d'ingénieurs que fréquentait Bernard. À la veille d'une soirée, la jeune femme était sur les dents; elle rageait à l'idée de dispenser des sourires niais aux anglophones et de s'esquiver avec adresse à l'approche d'un quidam à l'accent britannique.

Après six mois d'exil dans une province qu'elle dénigrait constamment, Jacqueline n'en finissait plus de tourner en rond en maudissant les jours trop longs, les soirées trop calmes. La ville lui rappelait sans cesse les mots de Pierre Lalonde : "À Winnipeg, les filles sont blondes; à Winnipeg, les nuits sont longues".

En face de chez elle, rien de réjouissant : une seule maison aux rideaux clos; à l'ouest, une échappée de vue sur un parterre immense; au sud, un garage à trois portes dissimulé derrière une rangée de chênes qui bouchait la vue. Quand Jacqueline croisait un être vivant dans une rue de la banlieue, elle n'entendait que des "Good morning" ou des "Good afternoon, Mrs. Letourneau". Un jour une voisine, qui avait eu la gentillesse de lui parler, avait dit que "the people of the area mind their own business". Un message clair et direct.

À la fête de l'Action de grâce, en octobre, la crise de larmes de Jacqueline avait battu tous les records. Le cadeau et la sortie offerts par son mari avec beaucoup de tendresse n'avaient pas dissipé l'humeur maussade qu'elle nourrissait.

Pourtant, à l'intérieur, la maison des Létourneau avait fait peau neuve. En effet, Jacqueline avait catégoriquement refusé l'offre de la Compagnie Thompson, qui se chargeait du déménagement de ses employés, et elle avait arraché à son mari la promesse d'achat de nouveaux meubles à Winnipeg.

— Le départ est pénible pour elle, avait expliqué Bernard à sa belle-mère qui l'enjoignait de ne pas céder aux caprices de sa fille et de se montrer ferme.

Néanmoins, Bernard avait capitulé et excusé Jacqueline, en disant qu'elle avait hérité du défaut de son père, l'entêtement. Pris de panique en l'entendant parler d'un voyage au Québec — elle pouvait ne pas revenir —, Bernard en avait perdu l'appétit et le sommeil jusqu'au jour où l'idée miraculeuse des études lui était venue. La bouche en cerise, la jeune femme avait acquiescé en souriant :

— D'accord, je vais essayer.

Bernard avait déposé sa belle pipe française sur le bord d'un cendrier et s'était levé pour la prendre dans ses bras.

Il lui avait couvert de baisers le cou, les oreilles et la chevelure parfumée, avant de s'attarder sur les lèvres boudeuses.

* * *

Bien qu'inscrite tardivement à un cours d'histoire, Jacqueline était aussitôt devenue le point de mire des étudiants. Rarement à temps, elle savourait le frisson qui la parcourait lors du remous que provoquait son entrée. Alors que la plupart des étudiantes portaient des vêtements de tout aller, Jacqueline donnait l'impression d'avoir à se rendre au Hilton après le cours. Les garçons l'examinaient avec intérêt, les filles avec envie.

Cependant la nouvelle venue apportait une bouffée d'air frais dans les cours soporifiques où ses discussions enflammées avec le professeur soulevait l'intérêt des pires cancres. Elle suggéra même des activités auxquelles personne n'avait jamais songé. Selon elle, les étudiants devaient exprimer leurs idées, les confronter avec celles du professeur, lire davantage, assister à des conférences.

Au cours du mois de janvier, cette année-là, la classe organisa deux sorties et une rencontre avec des politiciens, et envoya un bon article au journal universitaire. Jacqueline n'avait qu'à lever le petit doigt et le régiment lui emboîtait le pas. Elle était si gentille et si charmante, si intelligente et si débrouillarde.

À la maison, Bernard avait retrouvé la petite femme de ses fiançailles.

En février, l'aventure universitaire amorça un virage dangereux. Dans le but de mieux analyser les méandres de l'affaire Futaie au Manitoba, Jacqueline donna un coup de fil à un avocat d'Ottawa, embauché temporairement par le gouvernement manitobain. Encore sous le charme de la voix féminine, l'invité se présenta dans le hall d'entrée où l'attendait Jacqueline. Cette dernière éprouva un tel choc en l'apercevant qu'elle le présenta de façon fort maladroite à l'auditoire : sa nervosité n'échappa pas aux regards observateurs. Incapable de maîtriser ses émotions, Jacqueline laissa ses yeux s'attacher imprudemment aux lèvres de Maître Masson.

Dès le lendemain, elle reçut une invitation de celui qui ne s'était pas gêné pour la couver des yeux au cours de sa conférence. Un mois plus tard, l'avocat Masson et Jacqueline se voyaient encore sous prétexte d'échanges politiques. Les rencontres clandestines avaient lieu quand le mari de Jacqueline s'absentait et devait coucher à Brandon. Vers vingt-deux heures, au terme d'une longue journée de travail, c'était le moment merveilleux où Bernard pouvait entendre la voix charmante et les rires de son épouse... dans les bras d'un autre homme. Jamais depuis son arrivée au Manitoba, Bernard ne l'avait vue aussi gaie et aussi détendue. Ah! son idée magique avait porté des fruits car depuis que Jacqueline était retournée aux études, l'amour et la confiance s'étaient réinstallés au foyer. L'ingénieur se mit à rêver d'un enfant.

Pendant ce temps, l'étudiante n'avait pas réussi à cacher son aventure amoureuse au professeur qui avait signalé son manque d'assiduité aux cours. Elle avait d'abord habilement tergiversé en parlant de visites imprévues ou de sorties avec son époux; ensuite, elle avait tout avoué et cessé de mentir.

Selon elle, l'homme dans la cinquantaine aurait l'esprit large sur la fidélité conjugale; il manifestait tant de compréhension en traitant des causes et des conséquences des grands faits d'histoire...

Mais Jacqueline s'était trompée. Royalement trompée. Le professeur Stevens ne pouvait admettre la moindre faille dans les fondements d'une institution millénaire. Il avait dit :

— Vous voyez, Jacqueline, dès qu'une gouttelette d'eau se faufile quelque part, d'autres la suivent et une fente se produit. Ensuite, la crevasse peut faire s'écrouler le roc le plus solide.

Jacqueline avait ouvert la bouche pour protester mais le professeur, surpris lui-même par son image littéraire, avait enchaîné d'une voix plus ferme :

— Le conjoint ou la conjointe qui s'adonne à ce jeu dangereux se fait un tort immense. Les relations amoureuses entretenues sous la chape du mensonge flattent l'ego, mais elles dépravent les personnes.

Devant l'air buté de l'étudiante, monsieur Stevens avait insisté davantage :

— Il faut jouer franc. L'amour que

l'on donne à l'un, on le soustrait à l'autre. À part ça, vous vous en laissez conter par cet avocat.

— Je suis certaine d'aimer Maurice Masson plus que Bernard, avait rétorqué Jacqueline. Lui, il m'encourage à faire mon cours de droit.

— Que reprochez-vous à Bernard?

— Euh... il est si peu intellectuel, si peu cultivé. J'ai cessé de m'épanouir depuis...

D'un ton grave, presque de colère, il avait demandé :

— N'est-ce pas lui qui vous a encouragée à fréquenter l'Université? Amour... amour... quand tu nous tiens... On peut bien dire : Adieu prudence!

Oh! mais il n'y allait pas par quatre chemins le professeur Stevens. Furieuse d'entendre les vers du fabuliste La Fontaine et de se rendre compte qu'elle avait peu de reproches à faire à son mari, elle jugea sévèrement les Manitobains. Des conservateurs! Tous des conservateurs! Mais le conservateur insistait encore :

— N'est-ce pas votre mari qui vous a encouragée à venir à l'Université?

— C'est que... c'est que...

120

— Vous n'avez pas raison de briser votre mariage, ajouta Stevens d'une voix douce. Votre mari n'est pas homme à vous rogner les ailes. Quand je l'ai rencontré, je l'ai trouvé très sympathique et d'agréable compagnie. Croyez-moi, sa personnalité et sa réputation valent celles de l'avocat Masson.

* * *

Le mois de mars fut plus mouvementé que celui de février. Peu à peu, Bernard commença à s'interroger sur les sorties de Jacqueline, son refus d'être accompagnée, son mutisme et ses migraines quasi chroniques. Un jour, avant d'accepter de participer à un congrès en Suisse, il lui fut impossible de la rejoindre pour lui en parler. Le soir, il éprouva un certain pressentiment en voyant sa mine contrariée : sa femme lui cachait quelque chose. Il hésita avant de l'interroger car il craignait de lui déplaire.

— Mais tu n'as pas à tout savoir! avait rétorqué Jacqueline.

Cette répartie le laissa songeur. La joie exhubérante de Jacqueline n'avait-elle pas fait place à une excitation artificielle? Un comportement qu'il ne lui connaissait pas l'avait transformée; elle s'habillait de façon agressive : coiffure bizarre, maquillage exagéré, cigarette au volant de sa voiture, pantalon serré et bijoux clinquants. À une réception mondaine où on l'avait observée plus que d'habitude, il avait été intrigué par un commentaire inachevé : "Elle ne sait donc plus s'habiller depuis..."

Épier son épouse était la dernière chose à laquelle Bernard aurait songé! Trop de dignité en lui l'empêchait de se livrer à une telle bassesse. "Bah! dit-il, Jacqueline est constamment avec les jeunes, il est normal de la voir adopter leurs allures, de fréquenter leur milieu de temps à autre. Elle s'ennuie tellement!"

Quelques minutes après cette légère dispute, Jacqueline avait déchaîné sur lui des élans nouveaux de tendresse et il avait banni tout soupçon.

* * *

La dernière fois qu'elle avait couché à la maison, elle était rentrée vers minuit. Bernard venait de se mettre au lit et il avait fait la marmotte pour ne pas avoir à lui parler. Il préférait croire qu'elle avait discuté d'histoire avec Stevens. Le lendemain matin, il avait réussi à cacher son inquiétude; il l'avait même félicitée de son application dans ses études avant de l'embrasser avec un surcroît de passion.

Bernard devait toujours ignorer que son adorable petite femme avait passé la soirée en compagnie d'un autre homme. Ce matin-là, les dés étaient jetés et Jacqueline ne se souciait plus de lui. Elle avait déjà fait ses adieux à son professeur. Pour son mari, elle n'avait eu que quelques mots : JE TE QUITTE POUR UN AUTRE.

Deux jours auparavant, en annonçant sa décision à Stevens, Jacqueline avait été étonnée de sa colère.

— Madame Létourneau, avait-il dit. Vous avez un vrai comportement d'adolescente; je dirais même d'enfant parce que certaines adolescentes sauraient mieux que vous discerner le piège. Vous ne connaissez pas Masson. Ensuite, vous avez un mari qui vous adore.

— Je sais exactement ce que je veux. Il est important de faire ce que l'on aime dans la vie; et puisque l'étude du droit m'a toujours attirée et que j'ai rencontré un homme extraordinaire, je ne vais pas laisser passer la chance de ma vie. Je pars cette semaine.

En s'entendant articuler de façon aussi saccadée, Jacqueline douta de sa décision. Mais il était trop tard. Son entêtement naïf et orgueilleux avait déplu au professeur qui avait vu tant d'unions se faire et se défaire.

Au cours de leur dernière conversation, Jacqueline était maintes fois revenue sur la chance qui lui arrivait. Elle se sentait des ailes et refusait de voir le dessous des cartes.

Visiblement las, et à bout d'arguments, le professeur s'était levé. Après avoir ouvert la porte pour inviter l'étudiante à sortir, il avait revêtu son manteau en silence, cueilli son foulard et ses gants dans ses poches, pris son attaché-case et, tête baissée, s'était engagé dans le couloir. Sans un au revoir... un salut de la tête... un mot d'encouragement. Stevens avait profondément blessé Jacqueline par son manque de compréhension, mais il n'avait pu trouver d'autres mots dans son coeur d'époux fidèle.

* * *

Il revit Jacqueline cinq ans plus tard, à Ottawa. Il était dans un taxi, quand le chauffeur freina brusquement et laissa échapper un juron à l'adresse d'une femme qui quittait le trottoir à l'intersection des rues Rideau et Cumberland.

Le professeur jeta vitement un billet de banque sur la banquette avant et s'élança à l'extérieur. Il venait de reconnaître l'étudiante si populaire à l'Université du Manitoba. Parce que personne n'avait eu de ses nouvelles après son départ précipité, les étudiants, ce printemps-là, avaient souvent évoqué son souvenir devant lui. Quand on l'interrogeait plus directement, Stevens passait sa longue main blanche dans sa chevelure, baissait ses yeux noirs derrière d'énormes lunettes, disait n'en rien savoir et entamait un autre sujet de conversation. Les étudiants disaient qu'il mentait car Jacqueline était passée trop souvent à son bureau pour lui avoir caché ses intentions. Ils avaient eu la puce à l'oreille en entendant une amie de Jacqueline révéler qu'elle l'avait aperçue en compagnie de l'avocat Masson.

À Ottawa, Jacqueline avait perdu ses joues rondelettes et son teint satiné; une ride précoce glissait de chaque côté du nez retroussé. Sa bouche avait un sourire amer et des mèches poivre et sel avaient détrôné la frange brune. Au cours d'un repas dans un restaurant de la capitale, l'ancien professeur essaya de retrouver la Jacqueline d'autrefois, l'étudiante qui faisait bouger sa classe avec tant de dynamisme, de persuasion et d'amabilité.

Dieu! que son étoile avait pâli! Elle parla d'un cours de droit commencé et abandonné, d'échecs et de déceptions de tous genres à Ottawa, du mariage de Bernard à une infirmière de Calgary, de mésententes avec ses parents, de problèmes financiers, de solitude, de santé délabrée...

Entre la poire et le fromage, elle défilait encore son chapelet d'épreuves quand un homme dans la cinquantaine passa en frôlant la table.

— J'ai déjà vu cet homme, murmura discrètement Stevens.

— C'est Maurice Masson, dit Jacqueline, un peu surexcitée. Il a donné une conférence à l'Université du Manitoba, en février 1977. Vous vous souvenez?

— Ne parlez pas si fort; il pourrait vous entendre. Est-ce sa fille qui l'accompagne? reprit le professeur, l'oeil curieux et la tête dans le dos. Je trouve qu'il a le regard envoûtant... pour un père...

— La fille est une étudiante en droit.

— Vous la connaissez?

La pauvre avoua, l'oeil déjà humide, connaître la plupart des filles auxquelles le don Juan avait fait miroiter la route du Barreau. Pour en apprendre davantage sur cet abatteur de bois, elle avait même eu quelques entretiens avec deux d'entre elles, laissées le bec dans l'eau.

Quand Jacqueline avait rejoint l'avocat Masson à Ottawa, une semaine après l'entente conclue à Winnipeg, il avait été désagréablement surpris de sa venue. Comment avait-elle pu croire à ses promesses et abandonner son mari tout de go? Elle aurait dû savoir mieux. Leur petite aventure n'avait été qu'une affaire périphérique... de quelques semaines... quelques mois... N'avait-elle pas des engagements envers son mari? N'était-elle pas heureuse avec lui?

Sur un ton paternaliste, Masson avait ajouté :

— Les choses ne pressaient pas à ce point, Jacqueline. Tu aurais pu attendre. J'ai besoin de réflexion.

Dès le lendemain, le galant avait averti sa secrétaire qu'il ne serait jamais là pour Jacqueline Létourneau, une petite maigrichonne importune à la mine triste, qui venait de Winnipeg.

La dépression nerveuse qui avait terrassé Jacqueline l'avait grandement diminuée physiquement et moralement. La psychiatre n'avait réussi ni à lui redonner le goût de vivre ni à mettre un peu d'ordre dans sa vie affective.

La chevelure de l'ancienne étudiante était négligée, ses vêtements défraîchis et ses chaussures usées au talon. Elle faisait pitié à voir; encore plus à entendre. Le professeur

Stevens l'écoutait et murmurait de temps à autre :

— Pauvre! Pauvre Jacqueline!

Il brûlait du désir d'en savoir davantage, d'apprendre comment Bernard Létourneau avait traversé une épreuve aussi rude.

Dans le taxi qui ramenait Jacqueline au Couvent de la rue Rideau où les Soeurs Grises lui avaient confié un poste de réceptionniste, à sa sortie de l'hôpital, Stevens risqua une indiscrétion :

— Bernard a dû souffrir de votre départ.

— Ouf! Je ne sais pas trop...

— A-t-il essayé de vous revoir?

— Il a été trop humilié. Selon lui, ma conduite était impardonnable. Il est de ceux qui ne pardonnent pas l'adultère.

— Avez-vous communiqué avec lui? Aimeriez-vous le revoir?

— Non, soupira Jacqueline, sans le moindre accent de regret.

* * *

Encore tourmentée, Jacqueline erre

dans les rues de la même ville, guettant un homme toujours amoureux de onze mille vierges. Il ne la "reconnaît" pas quand le hasard la met sur sa route et qu'elle se présente en disant d'un ton mi-triste, mi-joyeux :

— C'est moi! Jacqueline?

Hélas! elle a beau répéter son nom, parler d'une conférence à l'Université du Manitoba en février 1977, l'avocat a déjà tourné le dos à cette pas grand-chose.

Mais l'espoir nourrit Jacqueline qui traîne comme un boulet le souvenir d'un GRAND RÊVE.

Paul-François Sylvestre est né à Saint-Joachim (Ontario) et a fait ses études universitaires à Ottawa. Après dix ans dans la fonction publique fédérale, d'abord au Secrétariat d'État puis aux Communications, il opte pour l'écriture à plein temps en 1982. Ses textes romanesques ont souvent une toile de fond historique et l'action se déroule presque toujours sur les bords de la rivière Détroit et du lac Sainte-Claire, sa région natale. Outre une collaboration à plusieurs émissions de Radio-Canada et de TV Ontario, on lui doit nombre d'ouvrages de référence sur l'Ontario français. Il a aussi signé plusieurs articles dans les journaux franco-ontariens et la revue culturelle, Liaison, dont il est devenu le rédacteur en 1987. Cet auteur prolifique a plus de vingt titres à son actif, dont cinq oeuvres de fiction.

UN SOUS-ENTENDU

Paul-François Sylvestre

Dès la première semaine d'école, la jardinière d'enfants disait qu'il avait été conçu dans un orchestre et qu'il était né dans une fanfare. Plus tard, à l'école secondaire, on reprenait la comparaison en d'autres termes. Félix aurait vu le jour dans une "juke-box" et ses premiers jouets auraient sans doute été des disques. Tout ça pour vous dire que notre jeune homme mangeait et rêvait de musique vingt-quatre heures par jour.

En ce début de printemps hâtif, Félix Bisaillon subit les derniers examens d'un cours universitaire de cinq ans en communications.

Les relations publiques sont sa spécialité et, avant même d'avoir son diplôme en poche, il peut compter sur un emploi au sein de la puissante compagnie Internacom. Depuis deux semaines, les professeurs mettent ses connaissances à l'épreuve; tous confirment ses compétences de relationiste, mais plusieurs dénotent une certaine nervosité chez Félix, un malaise qui n'a rien à voir avec le tract des examens.

— Le jeune Bisaillon s'en est pas mal tiré, n'est-ce pas?

— Un vrai expert, sauf qu'il ne tient pas en place. Durant l'examen oral il s'est levé trois ou quatre fois pour arpenter mon bureau, comme un lion en cage.

— Oui, quand Félix n'a pas de musique autour de lui, il devient nerveux. Paraît que la chaîne stéréo "au boutte" lui tient meilleure compagnie que le café noir ou les cigarettes lorsqu'il étudie.

Musique semi-classique le matin, folklore l'après-midi, blue-grass au souper, rock en soirée, tous les airs y passent. Et pour bien remplir sa journée du tonifiant requis, Félix dispose d'une batterie complète radio AM-FM près du lit, chaîne stéréo dans le salon, système de cassettes dans la voiture, "ghetto blaster" pour la plage, "walkman" pour les randonnées à bicyclette. Il a tout ce qu'il lui faut, même une blonde qui partage entièrement ses goûts, ou presque... Catherine est traductrice et ne peut s'empêcher de corriger son petit ami.

— Je t'ai déjà dit qu'un "ghetto blaster" est un tonitruand et qu'un "walkman" est un baladeur.

— D'accord, mais ça ne change pas le son.

— Franchement, tu pourrais au moins...

— Je te taquine, Catherinette. Viens écouter quelques "tounes" de Daniel Lavoie.

Pendant que le "Tic apocalyptique" résonne dans le salon, et que Catherine joue dans les cheveux frisés de Félix, celui-ci pense à son premier emploi. Demain matin, à 8 h 45, il deviendra l'adjoint au vice-président des relations publiques. Il faut célébrer cela. Catherine débouche aussitôt une bouteille de Freixenet et Félix cherche un autre disque; son choix s'arrête sur Beau Dommage.

Trois fois par semaine, avant le souper, c'est l'heure de la natation. La piscine de la maison d'habitation n'est pas très fréquentée et Félix se retrouve souvent seul dans ces eaux trop chlorées à son goût. Seul aussi dans cette immense salle surveillée par un gardien taciturne qui refuse d'y laisser pénétrer la moindre note de musique. Il ne veut pas de distractions pour les baigneurs et tient à ce que sa voix puisse se faire entendre facilement en tout temps. Inutile de discuter, Félix doit nager en silence... et il enrage.

Voilà un mois et demi que l'adjoint au vice-président étudie ses dossiers minutieusement, suggérant une nouvelle technique ici, une nouvelle approche là. Le patron se félicite de la jeune et dynamique recrue d'Internacom et lui confie désormais d'importantes responsabilités. Félix accepte volontiers, d'autant plus qu'il a toutes sortes d'idées fraîches à proposer. Celles-ci s'énonceraient mieux si la musique était permise dans les bureaux. Hélas, la compagnie ne veut rien entendre, même pas Musak.

Depuis une semaine, Félix bûche sur le dossier du nouveau produit qu'Internacom doit lancer à l'occasion des Fêtes. On veut une publicité originale, de bon goût, et dans le ton qui fait la renommée de la compagnie. Isolé dans son bureau, plongé dans un lourd silence, le jeune cadre tourne en rond. Les mêmes options reviennent constamment, comme un refrain, mais sans musique. De l'autre côté de la cloison, le patron ne cesse d'affirmer qu'il attend des merveilles de son employé. Félix se dit, pour sa part, qu'une bouffée d'air frais devrait le sortir de cette routine. Dès qu'il met les pieds dans l'ascenseur, le baladeur se met en marche. Enfin, de l'oxygène!

Le temps de prendre un café et voilà que Félix, coiffé de ses écouteurs, imagine mille et un scénarios pour la publicité. La pause aurait-elle de si grands bienfaits? Le café engendrait-il de si bons résultats? Ou est-ce le rythme d'un Cory Hart ou d'un Brian Adams qui agit ainsi sur le cerveau de Félix?

Toujours est-il que le jeune homme regagne son bureau sans avoir pris le temps de noter toutes ses trouvailles. Il sourit à la secrétaire, qui lui rappelle que le patron ne tolère pas les baladeurs chez ses employés. "Vous comprenez, monsieur Bisaillon, que la compagnie tient à garder une certaine image." Félix ne se plaint pas puisqu'il regorge maintenant d'idées neuves. Encore faut-il les exprimer. Tâche combien difficile pour ce jeune cadre prisonnier du silence. Il panique devant la feuille blanche. Tout s'est envolé. Pas une trouvaille ne s'énonce clairement. Ses esprits demeurent plus brouillés que jamais.

— Je rentre chez moi; si on me cherche, dites que je ne me sens pas bien.

— Vous êtes malade, monsieur Bisaillon?

— Quelque chose ne va pas.

En enfourchant son vélo, Félix installe

automatiquement son baladeur. Le calme revient et ramène avec lui un flot d'idées. Aussi étrange que ce comportement puisse paraître, il conduit le jeune homme tout droit vers sa table de travail, non loin des haut-parleurs du salon. Avant même que Catherine revienne le rejoindre, Félix a élaboré un plan de publicité aussi savant qu'original.

Internacom n'a jamais rien vu de pareil. On applaudit de toutes parts.

L'instigateur du plan se pose néanmoins de sérieuses questions. Il va même consulter son médecin, un ami de la famille qui le connaît mieux que tout autre et qui admire sa passion pour la musique. "Un peu de repos ne te ferait pas de mal. Tu viens à peine de terminer cinq années d'études; tu as subi toute une kyrielle d'examens et tu t'es aussitôt engagé dans un travail exigeant. Prends deux ou trois jours de congé." Le Dr Gibeault sait que ce genre de paroles rassurent fort peu Félix, mais il ne peut offrir davantage... pour le moment. Sa petite invention n'est pas encore au point, mais ça ne saurait tarder.

Au milieu de l'été, Internacom convie ses principaux clients à une séance d'information. Avant de leur présenter le nouveau produit, le vice-président des relations publiques croit nécessaire de tenir une sorte de répétition générale, d'autant plus que ce sera la première session du genre pour Félix. "You will really enjoy this, mister Bye-zye-yon." Pour tout dire, monsieur Bisaillon a le tract. Comme donner son plein rendement dans une salle privée de musique, où les seuls murmures sont ceux d'une clientèle plus sceptique que sympathique? Au cours de la répétition, Félix bafouille, se comporte de façon bizarre et déçoit son patron. Celui-ci veut bien jeter le blâme sur la nervosité de son employé, plutôt que sur son incompétence, mais force lui est d'admettre que cela n'augure pas bien pour la séance de promotion. Peut-être vaut-il mieux confier la tâche à un autre jeune cadre...

Félix sait qu'il est capable de bien s'acquitter de ses responsabilités, du moins dans des conditions qui lui sont favorables. En sortant du bureau, il évite de croiser le vice-président et, au lieu de rentrer directement chez lui, opte pour une longue marche dans le parc. "Cela devrait me changer les idées, d'autant plus que je serai bien branché." Et en bonne compagnie aussi puisqu'il rencontre le Dr Gibeault sur son passage.

— Je voulais justement te voir, Félix.

— Pour quelle raison?

— Je crois que ma petite invention est maintenant à point et j'ai tout lieu de croire que tu serais mon cobaye idéal.

— Un cobaye! Comment ça? De quoi s'agit-il?

Le Dr Gibeault explique sa trouvaille à Félix, qui sourit, d'abord perplexe, puis définitivement intéressé. Si ça marchait! Les deux hommes se rendent sur-le-champ à la clinique médicale et la petite "opération" s'effectue en deux temps, trois mouvements.

Deux jours plus tard, c'est un Félix tout radieux, en pleine forme, qui se présente au bureau. Le vice-président remarque son enthousiasme, mais ne sait toujours pas s'il doit faire confiance à son adjoint, s'il peut le lancer pour de vrai dans la fausse aux lions. Félix manifeste tellement d'assurance qu'il réussit à convaincre son patron. "You won't be sorry." Loin de là. La haute direction d'Internacom assiste à un spectacle de première qualité, supérieure à celle de son nouveau produit. Jamais une séance de promotion n'a été aussi réussie. Félix a étonné ses collègues, épaté son entourage et émerveillé les clients. "Fantastic, mister Bye-zye-yon! You're in for a raise." Les félicitations fusent de toutes parts et les commandes s'empilent sur le bureau du vice-président. C'est la fête dans les bureaux d'Internacom.

— Je te l'avais dit, Félix; placée dans ton oreille, cette minuscule membrane munie d'un micro-transistor te permet d'écouter la musique de ton choix sans que personne autour de toi ne s'en rende compte.

— Oui, je suis enfin le seul à entendre ce que je veux au bureau.

— Correction : à sous-entendre. En passant, tu ne pourrais pas me faire une séance de promotion pour mon produit?

Tatiana Arcand, d'origine ukrainienne, née en Angleterre, est citoyenne canadienne depuis 1957. Diplômée du Royal Conservatory of Music de Toronto, elle est aussi détentrice d'un doctorat en littérature française de l'Université du Manitoba. Ce professeur de langue et de littérature françaises d'abord à l'Université du Manitoba et ensuite au Collège universitaire de Saint-Boniface est membre de l'Association des Traducteurs et des Interprètes du Manitoba. Elle a signé divers articles littéraires et critiques et, tout récemment, un conte pour enfants, L'Aventure de Michel.

LE TEMPS D'UNE VIE, L'ESPACE D'UN MATIN...

Tatiana Arcand

Une tranquillité presque enivrante pénètre l'âme d'Étienne Brazeau. Il embrasse du regard un paysage idyllique tissé de prairies verdoyantes, où serpentent des rivières argentées, bordées de saules dont le feuillage bruit sous une toile d'azur cendré. La beauté paisible de cette scène exerce sur lui un attrait singulier; ses charmes l'envoûtent et ressuscitent en lui le désir d'une vie ardente et passionnée.

Il se met à marcher, émerveillé par les jeux d'ombre et de lumière, poussé par la certitude qu'un miracle l'attend en quelque part.

Bientôt, il se retrouve dans une prairie dont l'herbe étincelle de brillantes fleurs odorantes. Au milieu jaillit à profusion une fontaine qui jette des rubis dans les rayons du soleil levant.

Fasciné, Étienne ne sait pas résister à la tentation de boire cette eau cristalline. À peine en a-t-il bu la première gorgée que soudain la nappe d'eau se ride, se gonfle, et laisse apparaître la tête d'un très beau et élégant jeune homme! Le coeur rempli de joie, Étienne reconnaît son visage du temps de sa jeunesse, son épaisse chevelure noire et lisse, et ses grands yeux pétillants.

— La voilà, je l'ai donc trouvée! s'exclama-t-il, au comble du bonheur. C'est l'eau qui confère la vie éternelle! Tout sera comme avant, je n'aurai qu'à vivre! Ah! J'ai raison, après tout. Dieu n'a pas créé un si bel univers pour y faire mourir les hommes!

Hélas! Pendant qu'il admire le reflet de son image, les contours de la fontaine deviennent flous, tel un mirage qui s'éloigne doucement à mesure qu'on s'en approche. Étienne a beau se débattre pour la retenir, la vision se dissipe. Il se sent arraché de son sommeil malgré lui, la tête bourdonnante, encore tout à fait envoûtée par son rêve.

Ouvrant les yeux, Étienne fut brusquement rendu à la réalité. La pénombre du soir avait envahi la pièce. Il s'était endormi dans son cabinet de travail, pendant qu'il feuilletait des livres empilés sur son bureau. Qu'y cherchait-il? Lui-même aurait eu du mal à préciser l'objet de ses recherches. Il aurait pu dire avec certitude, cependant, que ce qu'il ressentait intensément dans son for intérieur, à ce moment-là, le rongeait depuis quelque temps : il touchait à sa fin et il ne voulait pas mourir.

Avec un geste de dégoût, Étienne Brazeau repoussa ses livres. S'approchant de la fenêtre, il l'ouvrit toute grande, laissant monter dans son cabinet les rumeurs de la ville. Les rires bruyants d'un groupe de jeunes parvinrent à ses oreilles. Se penchant en avant, Étienne chercha la silhouette de ces jeunes insouciants dans l'obscurité de la rue et les regarda passer sous la fenêtre comme si c'étaient des anges du paradis.

— Le sort est cruel, se plaignit-il amèrement. Il se moque de moi, en m'offrant un brin de vie joyeuse au milieu de ce désert qu'est la vieillesse!

Les jeunes s'éloignèrent et la douleur, un instant distraite, reprit le vieillard, ce point au coeur qui l'empêchait presque de respirer. Jamais il n'avait pu accepter que Dieu donne la vie pour ensuite la reprendre. Déjà, il se sentait paralysé à l'idée que la mort rôdait, grignotant ici et là, et rendait intolérable le peu de temps qu'il lui restait à vivre.

— Soixante-seize ans! se dit-il. Qui l'aurait cru? Je suis vieux. Est-ce possible que déjà j'aie soixante-seize ans? Où va-t-elle, cette vie si précieuse? Il n'en a été donné qu'une seule à chaque homme. Pourquoi une seule? Juste assez de temps pour se procurer les nécessités, et puis, mourir dès qu'il n'y a plus raison de se tracasser. C'est navrant!

Avec un profond soupir, Étienne regagna son fauteuil préféré et se ferma les yeux.

— Ah! Si la vie pouvait reprendre comme avant, murmura-t-il. Je redeviendrais utile... je serais admiré de nouveau...

La tête remplie de chimères, il s'apprêtait à glisser dans l'autre monde, en quête du rêve qui était devenu sa seconde vie, quand le claquement de la grande porte de la rue le fit sursauter. C'était sûrement son fils. Une lueur vive éclairant son visage, Étienne se leva précipitamment pour aller à sa rencontre.

— Bonsoir, papa, tu m'attends toujours? Désolé, je suis en retard, mais tu sais...

Pendant que Francis se lançait avec enthousiasme dans une description des péripéties de sa journée, Étienne buvait avidement ses paroles. Ces yeux bleus qui souriaient continuellement, et ces cheveux blonds frisés en boucles légères faisaient renaître chez le père obsédé par la mort un moment de bonheur. Quelle belle jeunesse, naïve, rayonnante! Il voyait cet enfant devant lui, à l'image de son rêve, et il épiait chacun de ses sourires et de ses gestes, le dévorait des yeux comme s'il lui eût été possible de s'imprégner de la fraîcheur et de la vigueur du jeune homme. En présence de Francis, le père se sentait baigné en quelque sorte d'une gaieté et d'une insouciance qu'il avait lui-même perdues. Il croyait rajeunir.

Mais Francis ne restait jamais longtemps. Il se sentait mal à l'aise auprès de son père pour qui les lieux imaginaires étaient plus présents que les lieux réels. D'ailleurs, le rythme de la ville l'entraînait. Son devoir filial accompli, il avait hâte de retrouver ses amis pour s'amuser avec eux en attendant la venue du matin.

Francis parti, le chagrin ne tardait pas à reprendre le vieillard. Lui qui attendait si impatiemment les visites de son fils, il souffrait de voir que Francis avait si peu besoin de son affection; et sa souffrance, quoique secrète, devenait de plus en plus vive.

Se plongeant dans ses souvenirs, il

évoqua sceptiquement les projets caressés autrefois pour son fils quand il serait grand. Combien de fois avait-il entendu dire, pendant que le jeune Francis grandissait, qu'on n'échappe pas à son père! Se fiant à ces paroles, désireux de voir Francis le suivre dans la même voie, il avait cru déchiffrer dans les gestes de son fils les sentiments désintéressés, le dévouement et la conscience professionnelle qu'il avait lui-même connus pendant sa carrière. Assurer la continuité, transmettre ce qu'on a reçu, mais le transmettre amélioré, enrichi, au nom du passé et de l'avenir, au nom du maillon qu'on représente dans la chaîne... Tant de belles idées qui n'avaient pas abouti. Pourquoi donc avait-il tant peiné? À quoi bon?

C'est peut-être Francis qui avait raison! Nature plus simple que son père, il répondait normalement à ses impulsions et à ses besoins, et ne les contrariait pas, organisant sa vie en fête continue, prenant à l'existence ce qu'il y avait de plus tangible et de plus savoureux. Existence de jouissance matérielle et dorée, luxueuse, extravagante et fiévreuse. Tout compte fait, cette façon de vivre ne valait-elle pas toutes les philosophies? Les idées, qu'est-ce que cela lui avait donné en définitive? Quoi de plus vain que l'homme et ce qui vient de l'homme?

La solitude lui pesait. Immobile, le dos

rond, Étienne demeura assis, envahi par ses inquiétudes, les yeux fixés sur la pendule dont le tic-tac lui semblait marquer trop vite le passage du temps.

Puis, agacé par ce bruit, Étienne s'enfuit dans sa chambre et s'allongea, sans prendre la peine de se dévêtir. Pourvu qu'il puisse dormir... Il était si las et dégoûté de tout! Oublier pendant quelques heures! Que le rêve, son unique consolation, vienne l'envoûter de nouveau... Déjà il se met en quête de la fontaine de Jouvence... Encore une fois, penché au-dessus du miroir d'eau, il voit le reflet d'un très beau jeune homme, souriant et aimable. Son corps lui semble subitement léger, détaché de la terre, soulevé, emporté vers un monde meilleur où la mort n'existe pas. Cette joie le ravit, le transporte. Croyant avoir retrouvé sa vraie image, il s'abandonne sans contrainte à l'exaltation. Il triomphe! Sa vie est à lui! Vivre...

Mais le corps d'Étienne Brazeau s'engourdit à peine une heure ou deux dans l'agitation d'un sommeil troublé. Il se réveilla en sueur. Dans l'obscurité de sa chambre chaude et fermée, il ressentit, avant même que sa pensée se rallumât en lui, une oppression douloureuse, un malaise de l'âme que laisse en nous le chagrin sur lequel on a dormi. Brusquement le souvenir lui revint, et il se redressa.

— Voyons... qu'est-ce qui se passe? se demanda-t-il. C'est le sommeil qui m'abandonne? D'abord, la jeunesse s'en va, ensuite la santé, et maintenant le sommeil... Les meilleures choses de la vie que je perds l'une après l'autre!

En désespoir de cause, il se leva et revint s'asseoir dans son cabinet de travail, cherchant une autre issue à ses pensées sombres. Tempes appuyées dans les mains, il se laissa submerger par la mémoire.

Son existence se déroula devant lui : souvenirs d'enfance, souvenirs d'adolescence...

Qu'avait-il fait de sa vie? Il avait été jeune quelque temps. Fils d'un magnat de l'industrie qui avait tenu à lui léguer son empire ainsi que ses titres, Étienne s'était opposé à la volonté paternelle en choisissant la profession de médecin pour laquelle il s'était dépensé inlassablement. Fort de sa jeunesse, bien pourvu d'une avidité et d'une passion des connaissances nouvelles, il avait affronté la vie, décidé de frayer son propre chemin, d'être quelqu'un d'autre.

L'idée ne lui était jamais venue de s'expliquer à son père dont le tempérament intransigeant condamnait sans merci ce fils qui ne partageait pas ses ambitions. Très jeune, Étienne avait vite compris que les hommes n'avaient entre eux qu'un contact superficiel et que chacun allait dans la vie séparé d'autrui par d'épaisses cloisons. Sur cette conviction, Étienne avait bâti sa vie, l'organisant de façon à en être satisfait, évoluant dans une sphère dont son père ne voulait rien savoir.

C'était sur l'insistance du père autoritaire qu'Étienne, déjà dans la quarantaine, avait décidé de se marier. Il revoyait la petite tête aux prunelles bleues, la chevelure blonde, les traits calmes et même austères, les belles mains d'ivoire... Elle avait toujours rapporté la vie aux choses simples qu'elle aimait. Tout, croyait-elle, arrive en son temps : il fallait seulement avoir la patience d'attendre. Une existence impersonnelle, de dévouement, d'abnégation, de tendresse... À sa façon, il l'avait aimée, cette femme infatigable à qui il n'avait jamais pu s'ouvrir.

Elle avait été maladive, elle avait souffert pendant des années avant de mourir...

Elle était morte en avril. Il se rappelait bien le jour où elle s'était éteinte. La pluie n'avait pas cessé de la journée, une pluie froide et morne, menaçante même, manifestement hostile. Depuis quelques jours, Étienne savait, sans pourtant vouloir l'admettre, que sa femme allait mourir. Elle était amaigrie et refusait de manger. De temps en temps, au plus, elle absorbait une cuillerée de thé.

Le quatre avril, au moment où Étienne allait quitter la maison, vers les huit heures, Francis s'était interposé :

— Reste aujourd'hui à la maison, maman est mourante, avait-il dit à son père. Je ne veux pas être seul à la maison, au dernier moment!

— Je ne peux pas, j'ai mon bureau. D'ailleurs, elle ne va pas mourir. Et si ça arrive, tu le remarqueras bien à l'avance et tu m'appelleras au téléphone.

— Non! Je ne le remarquerai pas assez tôt! Tu ne peux pas me faire cela. Ni à maman qui est mourante. C'est maman, tout de même, et elle va mourir...

Francis s'était caché le visage dans les mains, en pleurant.

Étienne avait enlevé son manteau et était resté. Il était même allé vers le lit de sa femme qui gisait, les yeux fermés. À peine pouvait-on l'entendre respirer. Alors il s'était éloigné de nouveau pour attendre dans sa chambre. La fin arrivée, il n'avait pas versé de larmes, comme s'il n'avait pas été touché par la mort de sa femme. Comment avait-il pu être si distant à un pareil moment?

Déjà, à cette époque, il connaissait la réponse. Au-delà de ses réflexions, il discernait au fond de lui, lointaine mais présente, sa lâcheté devant la mort. La nier, c'était lui enlever son pouvoir pour qu'elle n'ait aucune emprise sur lui. Il s'était donc durci, emmuré dans son silence.

Mais c'est lui que la mort guettait maintenant, avec une tenacité que rien ne décourageait. Ce serait bientôt son tour, songea-t-il. Pourtant, un médecin qui vit en contact avec la mort devrait pouvoir... Avec la mort? Celle des autres! Soudain il fut la proie d'une inquiétude incontrôlable. Un noeud d'angoisse lui serra l'estomac. Même les souvenirs le rendaient misérable! Il avait beau chercher les meilleurs dans la nuit de sa mémoire, il ne lui en venait plus qui ressemblaient à de la joie.

Épuisé, il chercha de nouveau le refuge que lui offrait son lit. Le sommeil l'emporterait-il bientôt? Sans qu'il eut trop à le chercher? Oh! Que ce serait doux de retourner au rêve d'où il n'aurait jamais dû sortir! Il ferma ses paupières brûlantes et désira ardemment que tout devienne flou dans son esprit. Qu'elle lui revienne, la vision de la fontaine de Jouvence! Qu'elle réprime la montée de désespoir qui l'envahissait...

C'est une autre vision qui vint le hanter, cependant. Une suite d'images rapides, d'une netteté effrayante... Dehors, la pluie, le brouillard entre les toits, la neige... Un corbillard s'amène. Des hommes en tirent un cercueil, montent l'escalier, entrent dans la chambre, le déposent sur le parquet et y placent le corps d'Étienne déjà raidi... Mais où est Francis? Pourquoi ne vient-il pas voir son père une dernière fois? ... On rabat le couvercle. La lumière s'éteint subitement et tout devient affreusement noir. Soudain, pour la première fois, l'idée vient à Étienne qu'il est vraiment mort, bien mort. Il est incapable du moindre mouvement, il ne voit rien, il n'a plus de visage... On l'emporte dans le cercueil fermé... Il est comme aveugle, muet, immobile... On l'enterre...

Étienne se réveille, suffoquant, la tête en feu, les yeux farouches, le coeur battant frénétiquement. Les images atroces se sont imprimées dans son esprit brûlant comme dans la cire. Il en reste halluciné. Dans le noir de sa chambre, assis dans son lit, il vit l'agonie du mourant qu'il est devenu. Affolé, il se lève d'un bond et se met à marcher de long en large dans la maison pour chasser les fantômes qui habitent même son rêve. Il ne regrette plus de ne pouvoir dormir, le sommeil ne s'étant emparé de lui que pour le conduire dans le pays des cauchemars.

Il lui faut de la paix! L'angoisse le ronge, le rendra sûrement fou s'il n'y met pas fin d'une manière ou d'une autre! Mais que faire? Comment éloigner l'horrible spectre qui l'obsède, le tenaille? Son esprit erre à la recherche d'une solution jusqu'ici trop lointaine pour être saisissable mais qui pourtant le frappe soudain d'une clarté fulgurante. Bien sûr! La fontaine! Il n'a qu'à la trouver! Il est impossible qu'elle ne soit pas réelle! Elle doit sûrement exister en quelque part sur cette terre et il n'a qu'à envoyer quelqu'un chercher cette eau pure pour pouvoir rajeunir!

L'espérance se rallume tout d'un coup dans la tête du vieillard. Oh! Vivre maintenant! Vivre! Il lève les bras et invoque le rêve qui lui a révélé une vie éternelle. Oui! La mort si redoutable, il va la vaincre.

Dorénavant, Étienne ne songerait plus qu'à regagner sa jeunesse perdue. Il fallait s'y mettre tout de suite, il n'avait pas de temps à perdre. Quelqu'un devrait lui apporter l'eau magique au plus vite. Il finit même par savoir où cette fontaine se trouvait. On n'avait qu'à s'y rendre!

Aux yeux d'Étienne, c'est Francis qui

devait être son sauveur, celui qui le sortirait des abîmes de la vieillesse. Chaque fois que son fils arrivait, le père recommençait son histoire, parlant comme si la parole seule lui fournissait un moyen d'évasion. Francis ne l'abandonnerait pas, songeait-il. Francis ferait tout ce qu'il faudrait pour que le père ne meure pas. Et il interrogeait son fils des yeux, cherchant une réponse favorable.

Francis ne répondait rien. Il essayait de réfléchir, formulant dans son esprit les arguments qui feraient voir à son père l'inutilité de son action. Il souffrait de le voir ainsi. Mais l'image d'Étienne, le visage vieilli et pincé, l'effrayait à un tel point que déjà en arrivant, il avait envie de se sauver. Prétextant un rendez-vous, sans répondre directement, il s'esquivait à la hâte, tourmenté par sa propre indécision.

À mesure que le père devint plus exigeant, les visites de Francis s'espacèrent. De plus en plus seul, détaché de tout, sauf du rêve, Étienne lançait des cris dans le vide envers son sauveur presque toujours absent qui l'évitait...

* * *

Un beau matin, on trouva Étienne Brazeau noyé dans un bassin où se déversait l'eau d'une fontaine qui ornait la place publique. Un accident, disait-on. Le pauvre vieillard, perdu, peut-être même à moitié endormi, serait tombé dans le bassin par mégarde et n'aurait pas pu se relever. C'était quand même bizarre, car Monsieur Brazeau ne sortait plus depuis quelque temps...

Simon Boivin a été réalisateur, animateur et recherchiste à Radio-Canada. Il a aussi fait de l'enseignement, du journalisme et du théâtre. Son métier de communicateur l'a forcément conduit à l'utilisation de son sens de l'observation et de son imagination. Il a écrit trois romans, trois recueils de poésie et une quinzaine de nouvelles. Le ballon est la première de ses publications.

LE BALLON

Simon Boivin

Juchée sur des talons, accrochés à ses souliers. Vêtue d'une robe longue en soie bleue, au décolleté plongeant. Deux douzaines de roses sur l'épaule gauche, un ballon à demi-rempli d'un cognac sentant bon, de cette finesse exquise d'un alcool à siroter... comme dans le secret d'une chambre. En sourdine, Le Vaisseau fantôme de Wagner...

Elle entre chez elle, devant nous!

Un diadème de pierres précieuses se perd dans sa chevelure "montée" pour la circonstance.

Madame s'avance.

Dans ses yeux brillent la malice et le trop grand plaisir de la "directrice".

Ses cheveux! Ah! Ses cheveux à la couleur sombre et espagnole...

— Voici, dit-elle, à compter de maintenant, je suis relevée de mes fonctions de directrice et je choisis de célébrer l'événement avec vous!

Et les roses de s'enfuir vers nous, de par sa main libérée du ballon. Un geste musical, geste en fa majeur...

Elle chante la folie de sa raison qui s'est enfuie... À chacun elle raconte, sirotant sa boisson, l'ennui qu'elle n'a jamais pu expliquer. Ce grand ennui de sa prison de "directrice"!

Dans cette chanson d'apocalypse, elle distribue aux quatre coins de la salle compliments et roses, comme si sa réalité était encore vraisemblable. Elle parle sur un ton haut, presque hautain. Son sein à demi-caché s'enfle et libère sa version des faits, celle qu'elle choisit de croire pour la vie, en notre nom.

Un matin. Dix heures trente. Un soleil habite la fenêtre de ce que l'on appelle maintenant la "salle de l'abandon".

Pourtant?

À la couleur de ce même soleil, à la même fenêtre, la personne visible est tout emmêlée. Ses cheveux pendent, un peu sales et surtout mal coiffés. Et sa robe de tissu "à rideau" lui pend sur le corps tel un squelette trouvé dans la penderie d'une garde-robe de salle d'études pour infirmières.

Au fond de ses yeux un peu vagues — dont on ne sait s'ils sont vides, et jusqu'à quel point exactement — la perte du pouvoir.

La voilà relevée de ses fonctions, comme elle le dit si bien. Malgré moi je la vois de mon oeil intérieur, toujours en robe de soie de Chine. Robe qui lui va bien. La musique emprunte d'autres notes. On dirait un air de gigue, un air de circonstance, quoi!

Elle se verse à boire et voilà que de la hauteur où ses talons l'ont perchée, on devine qu'elle perd l'équilibre ou que sa robe devient trop étroite.

Quel sera son dernier scandale?

Pense-t-on presque tout haut...

"Je suis relevée de mes fonctions."

L'un veut applaudir, l'autre pleure des larmes dont nous ne connaissons pas vraiment la source. Joie? Tristesse? Débarras? L'avenir nous le dira bientôt.

Nous y passons tous. À travers les roses reçues, il y a les épines qui s'accrochent à nos rires et à nos soupirs. Un peu sadiques. On peut s'avouer cela au moins.

Et la Belle poursuit sa chanson. Elle sait fort bien qu'elle ne fausse pas. Ni la note. Ni le mot. Ni le ton. Elle nous raconte son amour des fleurs, nous parle de ses distractions. Nous savons maintenant que le cognac fait effet.

Et sa robe qu'elle vient de souiller!

Quelle affaire!

Dans un déploiement aussi raffiné, une malheureuse tache sur sa robe!

Toujours un peu hypocrite — invoquant la discrétion cependant — elle dissimule la tache. Le croit-elle du moins...

Nous la voyons la tache. Nous sommes conscients qu'elle a ruiné son beau déguisement.

Soudain, d'un coup sec, elle dégringole en bas de ses souliers aux talons si hauts, si effilés. Ses talons ont lâché... l'ont lâchée.

Pourtant...

Petit pied un peu niais, prisonnier d'un soulier un peu étroit, un soulier pas cher, un soulier à quatre sous. La malheureuse est presque en train de ramper devant nous, comme un serpent. Elle ne sait plus comment cacher son visage et son menton la vieillit; son menton un peu animal tremble, il est secoué. Une réaction commune à ceux qui sont relevés de leurs fonctions : un pauvre menton qui tremble.

Elle perd la face devant ceux et celles qu'elle appelait il y a quelques minutes de cela ses employés; ce petit peuple qui a subi la terreur de son gouvernement.

Le soleil habite toujours la fenêtre.

Le temps passe et Madame a perdu le pouvoir, son pouvoir. À l'un elle dit :

— Tu es bon, tu t'accommodes bien de ma personne... et vice versa!

En réalité ses yeux qui parlent disent :

— Quel imbécile tu fais de ne pas t'être révolté avant aujourd'hui!

Le ballon de se remplir. On dirait que la bouteille qui lui sert d'outil dans l'oubli n'a plus de fond. On essaie de prévoir la fin de cette confession ennoblie.

Sa belle robe longue, sa robe de soirée à dix heures trente du matin.

On dirait que sa robe l'étouffe...

Enfin!

Va-t-elle l'enlever?

On ne croit pas... du moins...

Et puis?

On ne sait pas! La fin nous le dira.

Pour l'instant Madame s'agrippe à son ballon et place une rose bleue dans ses cheveux. Son diadème penche dangereusement. On a la certitude qu'il est près de tomber dans son ballon...

Qu'à cela ne tienne!

Brusque — comme d'habitude — elle poursuit le mensonge de sa personne dans les mots qu'elle choisit de taire surtout.

Que vient-on de remarquer?

Il est une personne à qui elle n'a pas daigné adresser la parole, encore moins accorder un regard! Cette personne serait-elle l'instrument et la cause de son renvoi?

Intéressant de s'imaginer ce qui a pu se jouer, se dérouler lors du procès de la directrice, à l'intérieur de la prison du bureau de direction...

Nos oreilles n'ont pas entendu d'éclats amplifiés. Nous sommes certains que rien n'a été cassé. Par contre, par la fente au bas de la porte du bureau de direction, une haine sourde s'est dégagée...

Tiens! Voici qu'elle revient à l'avant, tout en avant de la salle. Non! Ce n'est pas vrai! Elle est troublée, embrouillée dans sa raison, un peu trop à l'étroit dans cette robe de soie. Élégante, agréable à regarder; son intérieur qu'elle maquille de linges fins, de parfums capiteux.

En fait, la relevée de ses fonctions n'en finit plus de dire à chacun ce qu'elle ne peut plus retenir. Un peu sauvagesse, elle cherche à sauver la face. Est-ce le but véritable de la célébration?

Toujours est-il que rendue à la treizième personne, nous prenons peur. La panique des jours de superstition. Un vendredi treize. La personne numéro treize devient cible et victime de Madame.

On dirait que les ongles de ses doigts poussent à vue d'oeil. Elle inspire la terreur. Une fois de plus. La dernière cependant. Après — lorsqu'elle sera mise au rancart — on pourra toujours s'évertuer à déjouer le sort.

Elle est méchante et bête. Elle attaque. Animal en cage. On ne sait plus où est le ballon. Pourtant, elle ne l'a pas encore lancé...

Cette femme qui lui inspire le désir de tuer devient sa victime. Une lutte dont on ne connaît pas encore la gagnante témoigne de la maladie étrange causée par la perte du pouvoir...

Toujours armée de son ballon qu'on dirait à marée haute, Madame boit et son regard dépèce la personne numéro treize : LA VICTIME...

Mais?

La numéro treize vient de lui voler son ballon... Elle disparaît dans un lieu secret de l'édifice comme l'éclair qui passe.

Madame de hurler :

— Mon ballon! Mon ballon! Mon ballon! J'ordonne qu'on me rapporte mon ballon!

— Jamais!

Nous récitons en choeur :

— Non! Jamais!

Sa robe tachée a perdu le charme et la beauté que la soie lui donnait...

C'est à devenir fou que de vivre une dernière fois la bravoure sans bravoure. Nos coeurs qui ont déambulé dans le bureau de Madame la directrice dans son bureau... Son seul but était de nous brimer, de nous meurtrir, en somme de nous gouverner, comme si d'elle seule émanaient BIEN et MAL...

Madame! Ah! Madame!

Un éclat... un bruit de cristal brisé... Mon Dieu, le ballon vient d'éclater! Quelqu'une l'a brisé!

Le diadème n'a plus de richesse. Il est détraqué dans cette chevelure qui l'emprisonne. Le diadème ne peut plus tomber dans le ballon.

Que fera-t-elle?

Que deviendrons-nous?

C'est un peu comme lorsqu'un abcès crève. Il en sort du pus. Cette fois-ci, une odeur forte de roses rouges se dégage de la robe de soie bleue.

La démence se lit dans sa peau de relevée de ses fonctions!

Un rire, un fou rire nous secoue. Nous sommes à la recherche du ballon! Où peut-il s'être laissé briser?

En chacun, dans le profond, au niveau de l'émotion insoupçonnée, dans la ténèbre intérieure, Madame projette son cri. À sa façon bien sûr! Aussi forte, aussi violente qu'une tempête de vent. Une tempête de printemps.

Et sa robe de tissu "à rideau" que l'on décroche de son corps, soudain! Elle se hâte de revêtir l'autre — comme on le fait au couvent — en cachette, comme si la pudeur était de circonstance.

Encore — à nos dépens — elle s'enrichit!

Quel est son dernier scandale?

SORTIR du sac à main — QUE NOUS N'AVIONS PAS REMARQUÉ — un autre BALLON IDENTIQUE.

Est-ce la confirmation d'un mauvais sort jeté sur nous? Les soupirs s'arrêtent. Le souffle coupé, nous sommes redevenus, l'espace d'un instant, son peuple d'employés, de gouvernés...

Le ballon de se remplir. La bouteille, l'outil sans fond devient Fontaine de déchéance, elle est finalement déchue!

On dirait que la tache sur sa robe, celle du début de la célébration, est disparue. Comment une tache peut-elle s'enlever d'elle-même? La robe longue en soie bleue éclaire sa chevelure d'une étrange auréole. Est-elle carrément folle?

— Secrétaire! Toi, la secrétaire, tu m'aimais...

Ce désir obsédant qu'elle a de nous mettre les mots dans la bouche, pour s'entendre dire qu'on l'aime.

Nous savons qu'elle joue. Lequel est comédien? Celui qui joue ou celui qui est joué?

Étrange question, toujours sans réponse!

Elle prend du mieux, du poil de la bête. Le ballon est presque vide et voilà que d'un pas décidé, d'un pas de directrice, elle reprend les roses qu'elle a lancées au début de l'annonce de sa nouvelle. Une à une, les roses entremêlées d'épines déchirent nos pauvres coeurs et inscrivent sur son bras gauche un avant-goût de suicide. Juste un peu.

Gauche. Elle le sera jusqu'à la fin. Ses cheveux noirs mal assortis à sa robe de tissu "à rideau". Robe brune. Petits souliers bruns à lacets beiges. Le bas pris sur le gras de la jambe. Un bras brun à carreaux. Elle a même choisi une couleur de deuil : le brun.

Gauche jusqu'à la fin. Elle n'a pas pensé que nous verrions ses lacets, ses cheveux et ses bas qui ne s'agencent pas avec le reste.

Maintenant, nos regards sont devenus sa prison et nous lui en ouvrons la porte pour qu'elle quitte notre liberté et aille s'enliser — comme on le ferait dans un marais — à la MAISON DE SANTÉ où nous choisissons de l'abandonner. La musique est partie...

Le ballon vient de se briser ou de s'envoler...

Manitobaine d'adoption, Geneviève Montcombroux écrit pour enfants, aussi bien que pour adultes. Fondatrice et directrice de l'École de Danse Classique, le ballet a toujours tenu une grande place dans sa vie. Mais elle est aussi amateure de ski de fond. Elle demeure à Saint-Boniface et se détend en écrivant des poèmes. Elle a publié Fugue dans le Grand-Nord, Touti le moineau *et* Tezzero.

LE CANCER

Geneviève Montcombroux

Les deux jeunes filles, chacune absorbée dans ses pensées, une main crispée sur un dossier de laboratoire, se heurtèrent devant la porte de la salle d'attente. Leurs longs cheveux châtains, un peu roux pour Lysianne, dorés pour Malvina, flottaient sur leurs épaules.

Elles s'arrêtèrent surprises. Deux visages fins, deux corps élancés, deux mains tenant la poignée de la porte. Instinctivement, avec la candeur de leur jeunesse, elles éclatèrent de rire.

— Je suis Malvina, entrez donc.

— Merci. Je suis Lysianne.

Comme par enchantement la salle d'attente de la clinique se réchauffa. Les jeunes filles s'assirent l'une à côté de l'autre, oubliant les murs pastels, les fauteuils aux tons coordonnés et la lumière diffuse qui ne faisait qu'accentuer la pâleur des personnes qui attendaient là, sans joie. Malvina parla la première :

— J'ai soudain eu l'impression que je donnais de la tête dans un miroir.

— Oui, moi aussi, c'est pourquoi je n'ai pas pu m'empêcher de rire.

— Ce n'est pas souvent qu'on entend rire à l'Institut du cancer, je suppose, continua Malvina.

— Que faites-vous dans la vie, Malvina? Ou est-ce une question indiscrète? demanda Lysianne.

— Pas du tout. Je suis danseuse.

— Ah, c'est pour cela que vous êtes si mince.

— Vous êtes également mince, Lysianne.

— Pas autant que vous et beaucoup plus molle. Je vais avoir un bleu à l'épaule, répond Lysianne gaîment.

Le rire les gagna de nouveau. Une

infirmière s'approchait. Elle voulait les dossiers du laboratoire; et elle prit son temps pour leur expliquer que le médecin allait les appeler dans une minute ou deux. En fait, elle était heureuse du rire des jeunes filles. Ici personne ne riait. Le verdict était toujours lugubre. Pourtant, les gens s'accrochaient toujours à un brin d'espoir. Pour le moment, elle refusait de penser à la raison pour laquelle ces deux belles filles joyeuses attendaient le médecin.

Malvina se tourna vers Lysianne.

— Et toi... oh! je peux vous dire tu? s'exclama Malvina avec vivacité.

— Certainement. Moi? Je suis professeur de langue dans un collège secondaire.

Malvina pausa un instant, l'air sérieux.

— Qu'est-ce qui t'amène dans cet endroit de malheur, Lysianne?

— Probablement la même chose que toi. Mon médecin a trouvé que mon analyse sanguine n'était pas normale et il m'envoie à l'Institut du cancer pour savoir si les cellules anormales sont cancéreuses, soupira Lysianne.

— C'est ça! Moi, mon médecin a trouvé que j'avais des cellules anormales, anémiques ou quelque chose dans ce goût-là, s'exclama Malvina.

Soudain, le fardeau de l'incertitude semblait plus léger. Cet autre monsieur, un grand spécialiste, allait vite les rassurer ou les condamner, mais la naissance d'une amitié les baignait d'optimisme. À leur âge, les pensées sinistres s'évaporent vite.

— Es-tu mariée, Malvina?

— Non. Tu sais, avec la danse, je n'ai guère de temps. Un jour, oui, j'aimerais me marier, mais pour le moment, je travaille à ma carrière. Je viens d'avoir une chance extraordinaire.

— Dis vite, s'impatienta Lysianne.

— Ted Lorenzo, un des plus grands chorégraphes de notre époque, m'a remarquée. Il est en train de monter le Lac des Cygnes pour la Compagnie des Ballets Classiques, il refait une partie de la chorégraphie, la fin surtout. C'est fantastique. Il m'a choisie pour Odile-Odette, l'héroïne.

— Compte sur moi pour aller te voir tous les soirs, s'exclama Lysianne enthousiasmée par l'animation de sa nouvelle amie.

L'infirmière s'approcha et s'arrêtant devant Malvina, murmura :

— C'est à vous.

— Merci.

Une certaine gravité envahit la jeune

danseuse pendant qu'elle se dirigeait vers le cabinet du médecin. Lysianne se cala confortablement dans le fauteuil. Toutes les pensées qu'elle avait oubliées depuis l'instant de sa rencontre avec Malvina, affluèrent de nouveau. Elle était épuisée depuis quelque temps, mais ce n'était pas surprenant. Enseignante depuis peu, elle préparait ses leçons tard dans la nuit. De plus, elle suivait des cours de maîtrise à l'université. Et elle s'arrangeait pour accorder le plus de temps possible à Christophe. Heureusement, il était parti en voyage d'affaires pour deux semaines. Elle aurait le temps de rattraper les heures de sommeil perdues.

Malvina reparut, le visage détendu, le pas élastique et vigoureux. La vieille dame qui, lèvres serrées, attendait depuis un long moment, sourit, gagnée par la contagion du soulagement heureux.

— Rien! L'épuisement, trop de travail. Pas étonnant, n'est-ce pas, avec un rôle comme ça? Il m'a donné des fortifiants. C'est ton tour. Regarde, l'infirmière te fait signe.

— Tu m'attends?

— Naturellement! répondit vivement Malvina.

L'attente se prolongeait et la joie de Malvina flétrissait. Lorsque Lysianne ressortit, un regard suffit pour exprimer la condamnation à mort. La jeune danseuse se leva sans un mot, entoura les épaules de sa compagne et l'entraîna vers la sortie. Elles marchèrent jusqu'au parc. Le printemps valsait dans l'air doux, taquinait les écureuils, faisait éclater les bourgeons. Les coeurs se gonflaient de la joie du renouveau. Lysianne enfin s'arrêta et prit sa compagne par les épaules.

— C'est beau tout ça. Écoute les oiseaux, Malvina. On dirait que la vie est éternelle. Eh bien non. Elle ne l'est pas. Je ne verrai pas la couvée de ce rouge-gorge, là-haut sous le soliveau de l'abri à pique-niques, parce qu'on vient de me dire que je vais mourir. Cela me semble pas réel. Ça ne représente vraiment rien.

Malvina avait cherché des mots de réconfort à dire tout en marchant. Mais aucun ne convenait.

— Je ne sais pas quoi dire. Je pourrais dire évidemment qu'avec un traitement, les progrès quotidiens de la médecine... mais ce n'est pas suffisant, n'est-ce pas?

— Non. Parce que la destinée est parfois méchante. On entend souvent dire qu'Untel est mort après une longue et courageuse bataille contre le cancer. Tu admires Untel, et lui, quelque part dans cet autre monde qu'on nous promet, est content. Moi, je n'aurai pas la chance de me battre, de prouver au monde que je vaux quelque chose. Non, j'ai un cancer du foie et trois semaines à vivre, ajouta Lysianne d'un seul souffle.

Le silence pesa, plein d'angoisse.

— Hé bien, vivons tes trois semaines au maximum, Lysianne! s'écria Malvina dont les sanglots éclatèrent sans retenue.

Les deux jeunes filles pleurèrent longuement dans les bras l'une de l'autre. Lysianne se reprit la première.

— Pourquoi moi? Pourquoi?

Malvina, désespérée, la regardait en silence. Pourquoi? Ces pourquoi auxquels personne ne répond jamais. Lysianne releva la tête, un pli amer au coin des lèvres, du défi plein les yeux.

— Tu as raison, vivons mes trois dernières semaines au maximum, s'écria-t-elle sauvagement. Christophe rentre dans deux semaines, je ne veux pas lui annoncer la mauvaise nouvelle avant. Il laisserait tout tomber pour revenir. Et toi, à quand la première?

Malvina avait l'impression d'avoir basculé dans la rivière glauque clapotant à leurs pieds. Elle était fatiguée mais n'en laissa rien paraître. Cette destinée, méchante d'après Lysianne, avait eu pitié car elle avait permis aux jeunes filles de se rencontrer. Malvina soutiendrait son appui à son amie. Chaque jour, sans faillir. À cause de la peur qu'elle avait eue lorsque son médecin l'avait envoyée à l'Institut du cancer.

— Il y a peut-être quand même un espoir? hasarda Malvina.

— Un miracle! tu veux dire. Voyons, plus de nos jours. La science est trop savante. Pourtant le monde s'abreuve d'espoir. On sait qu'il y a toujours une chance quelque part sur plusieurs millions. Comme à la loterie, soupira Lysianne.

Le collège avait prolongé le congé de Lysianne mais elle ne leur avait pas donné d'explications. Elle n'en donna à personne. Elle écrivit à sa mère en l'invitant à la première de Malvina, dans deux semaines, mais ne parla pas de sa maladie. Elle lui annoncerait la nouvelle à ce moment-là. Elle refusa la thérapie de groupe offerte par le spécialiste de l'Institut pour les condamnés à mort, mais elle suivit le régime strict qu'il avait recommandé. Il n'y avait pas de guérison. Le cancer du foie était foudroyant. Elle avait refusé d'entrer à l'hôpital préférant vivre au milieu de ses choses habituelles tant qu'elle en aurait la force. Dans la journée, elle s'étourdit de tout ce qu'elle avait toujours eu envie de faire, passa du temps aux répétitions de Malvina et le soir prenait une pilule pour dormir comme une souche jusqu'au matin.

Malvina, par contre, s'inquiétait et dépérissait, partageant son temps entre les répétitions et les rencontres avec Lysianne. C'est elle qui répondit au téléphone un soir et annonça à Christophe que Lysianne était un peu souffrante. Pouvait-il revenir plus tôt? Car la jeune fille sensible avait constaté que le plus gros chagrin de Lysianne était l'absence de Christophe.

— Ma chérie, pourquoi ne m'as-tu pas appelé? s'exclama Christophe. Qu'importent les affaires, on les retrouve toujours. Je vais t'emmener...

— Tu sais tout maintenant, et tu sais bien qu'il n'y a ni traitement, ni guérison, ni espoir. Ce n'est pas la peine d'aller faire le tour des hôpitaux célèbres.

Il ne savait plus que dire, ni que faire. Il avait fait de longues études mais rien ne l'avait préparé à affronter la mort d'un être aimé. Ni à l'accepter.

— Je veux t'épouser tout de suite. Je veux que tu sois ma femme. Je veux te protéger.

Que dit-on à celle qu'on aime quand

on sait que ses jours sont comptés? Il la tenait dans ses bras, chaude, vibrante d'amour. Il n'était pas possible que dans quelques jours elle ne soit plus là.

— Fais l'amour avec moi, Christophe. Tant pis pour le mariage, je n'ai pas le temps. Chaque fois que tu me tiens dans tes bras, j'ai envie de vivre. Je sens la vie jusqu'au fond de mon âme.

Il la serra plus fort contre lui.

— Ne parle pas ainsi. Tu vas peut-être entrer en rémission. Tu dois...

Il refusait d'accepter de savoir. D'accepter l'impuissance de la médecine. Il refusait la douleur sourde qui le tenaillait et lui arrachait des larmes lorsqu'il se retrouvait seul. Ce n'était pas juste... pas juste...

Malvina venait tous les soirs. Son exhubérance, sa joie pétillante mettait du baume au coeur. Lysianne se transformait en sa présence.

— En tout cas, je suis heureuse que tu sois en bonne santé. Toi, tu as quelque chose à donner au monde. Ton art : une vision de beauté. On en a tellement besoin. Je n'aurais été qu'une personne très ordinaire. Un bon prof, une bonne mère de famille, rien de spécial, déclara Lysianne.

— Il faut beaucoup de gens ordinaires pour faire notre monde, pour le mener dans le bon chemin. Nous avons besoin de toi, répliqua vivement Malvina.

— C'est drôle, je ne me sens pas différente de ce que j'étais avant cet après-midi fatidique. J'étais contente de moi, de mon travail, du printemps et des vacances à venir. Qu'est-ce qu'on ressent lorsqu'on n'est plus là?

— Mais tu seras toujours présente. Dans ma danse. Je vais danser pour toi, ma gloire sera la tienne. Et lorsque je me marierai, ma fille sera Lysianne et tu vivras en elle.

— J'aime t'entendre parler positivement mais si tu ne prends pas un peu de repos, tu vas danser ta première sur des béquilles.

Elles retrouvèrent le rire léger de l'amitié.

— Ça va, la première est après-demain. L'horaire a déjà été allégé et je serai là à ton mariage demain matin, dit la jeune danseuse redevenue sérieuse.

— C'est dommage que je ne puisse pas faire une grande fête et tout. Dans le fond, ce n'est pas nécessaire mais Christophe croit que je lui appartiendrais mieux si nous allions signer les papiers chez le juge. Comme si lui appartenir allait reculer l'échéance.

La vie est bien organisée songea Lysianne. Et sans moi? Elle continuera tout aussi bien. Les gens, mes amis, mon amour de fiancé continueront à avoir des ampoules aux pieds, des coups de soleil et des indigestions. Moi, je n'en saurai rien. Je ne serai plus ici. Les gens de la rue ne savent même pas que je suis ici. Ils ne sauront pas que je suis partie vers cet au-delà dont tout le monde a peur. En ai-je peur? Je ne sais pas, je n'arrive pas à comprendre. Je flotte dans un rêve. Je vais m'endormir et puis il n'y aura plus rien. Je ne serai plus qu'un souvenir pour ma famille et mes amis. C'est curieux, je ne suis pas en colère. Je ne peux rien changer. Dans le fond, c'est comme les grandes vacances; on dit aurevoir et on ne pense plus aux élèves, aux autres professeurs. On s'absente de soi.

Les cloches ne sonnèrent pas pour ce mariage mais Lysianne était resplendissante dans une magnifique robe blanche que Christophe et Malvina avaient achetée. La surprise, l'amour, la tendresse de l'amitié auréolaient Lysianne de bonheur.

— C'est merveilleux! Ah! non, Malvina, que je ne te reprenne plus à essuyer des larmes en cachette.

— Les mariages me font toujours pleurer. Tu vois ta mère, elle ne sait pas et elle pleure, renifla la jeune danseuse.

— Je parie qu'elle me croit enceinte. Je ne veux pas lui faire part de ma tragédie avant la première. Je ne veux pas gâcher cette soirée unique pour toi. Tu as travaillé si fort. Je me sens mieux et je suis tellement heureuse de pouvoir assister à ton triomphe demain, déclara Lysianne avec enthousiasme.

Christophe avait loué l'appartement le plus luxueux de l'Holiday Inn et il y emmena sa jeune épousée.

— Toutes ces fleurs! Un îlot de verdure. Et tous ces cadeaux! Oh! ce négligé de soie. C'est de la folie.

— C'est un petit gage de mon amour. Il te plaît?

— S'il me plaît? Je n'osais jamais rêver d'un tel ensemble. On dirait que je suis Shérazade, sortie d'un conte de fée. Peut-être que si je racontais une histoire chaque jour...

Les jeunes époux s'étreignirent violemment. S'étant interdits de parler de l'inévitable ce soir-là, ils n'avaient qu'à écouter leur passion. Dans ce décor de rêve, le temps était suspendu. Lysianne eut le droit d'oublier la vie qui se brise et goûta à toutes les joies promises.

Lysianne n'avait pas essayé de rejoindre Malvina, aujourd'hui. La jeune danseuse avait déclaré avoir besoin de se concentrer avant une représentation; une excuse pour ne pas interrompre la lune de miel. La journée avait passé vite et ce soir, le bruit de la foule se répercutait dans l'immense théâtre. Lysianne animée, heureuse, expliquait la nouvelle chorégraphie à sa mère et à Christophe.

— À la fin, au lieu d'avoir Siegfried se jetant dans le lac — c'est lugubre et cela ressemble trop à un suicide — il s'approche et retrouve Odile. Il danse un pas de deux d'amour. La brume monte du sol, l'aurore colore à peine la scène de rose. C'est là qu'Odile doit disparaître pour rester cygne à jamais; mais le lac, la brume et la magie engloutissent les deux amants. Et Malvina danse de façon divine. Elle a un don absolument unique.

En coulisses, Malvina essuya la sueur qui perlait à son front. Repoussa sa fatigue. Elle devait danser, et danser encore, mieux que jamais. Comme elle aurait eu besoin d'appuyer la tête sur l'épaule de son amie en cette minute. Elle soupira; Lysianne était dans la salle. Le savoir était un réconfort.

Le rideau se leva et Malvina dansa. La foule captivée retenait sa respiration. La jeune fille, éphémère de légèreté, donnait tant d'elle-même qu'elle dépassait la scène pour venir toucher les coeurs de chaque spectateur comme si ces moments irréels les transportaient dans un monde féérique, comme si elle ne devait jamais plus danser ou peut-être danser éternellement. Un esprit insaisissable. Et ce fut la fin, sa tête retomba en arrière, Siegfried la souleva en tournoyant. La brume les enveloppa et le rideau tomba.

Pendant un bref moment, une émotion poignante étreignit la foule silencieuse. Puis soudain, ce fut une explosion d'applaudissements. Le rideau remonta à demi et retomba aussitôt. C'était le moment de gloire où les danseurs viennent saluer les spectateurs debout et trépidants. Le corps de ballet d'abord, les danseurs principaux et enfin les étoiles. Le rideau se referma.

Une voix impersonnelle domina le crépitement des mains.

— Mesdames, mesdemoiselles, messieurs. Malvina Laurier a été prise d'un malaise et ne viendra pas saluer. Merci.

Lysianne jaillit de son siège.

— Oh non! Il faut que j'aille la voir tout de suite. Elle a tant fait pour moi qu'elle s'est épuisée.

Christophe s'empressa de lui frayer un

chemin dans la foule qui applaudissait à tout rompre. En coulisses, Malvina dans son magnifique tutu blanc était allongée sur deux bancs hâtivement rapprochés. La secouriste de service lui faisait respirer de l'oxygène. Un machiniste tirait une couverture sur les jambes inertes. Le technicien tourna le son de la salle dans les coulisses et les vagues d'applaudissements déferlèrent autour de la malade. "Écoute, le public t'adore", murmuraient ses collègues autour d'elle. Le technicien baissa le son.

— Malvina! articula péniblement Lysianne la gorge serrée.

Un éclair de bonheur passa dans les yeux de la danseuse. Elle souleva le masque à oxygène.

— Dans mon sac... le télégramme..., dit-elle faiblement.

Lysianne ouvrit le sac et sortit le papier jaune.

— Celui-ci? De l'Institut?

Malvina hocha la tête.

— Hier... arrivé hier au théâtre... Tu n'étais pas là. J'ai téléphoné. Lis...

Les mains tremblantes de Lysianne pouvaient à peine tenir le papier froissé. Un cauchemar menaçait de l'étouffer. Elle avait déjà compris. Christophe atterré lut à haute voix : "...l'erreur impardonnable du service qui a mélangé deux dossiers..."

— Non, Malvina! Non! s'écria Lysianne éperdue.

— Oui, c'est moi qui ai le cancer... J'ai dansé pour toi ce soir... Ma dernière danse.

— Mais on va te sauver. L'ambulance est arrivée, je vais avec toi. On va faire quelque chose.

Malvina sourit faiblement.

— C'est tellement beau, l'espoir.

Lois Braun enseigne dans un milieu rural du Manitoba. Elle a publié dans Scrivener, Border Crossings, Grains, The Antigonish Review *et plusieurs autres revues littéraires.* Des oeufs d'or *est la traduction de* Golden Eggs *tirée de* A Stone Watermelon, *le premier recueil de nouvelles de l'auteur, publié par Turnstone Press.*

LES OEUFS D'OR

Lois Braun

Traduction de Suzanne Paradis.

Un bruit sec et un ricanement indiquè-
rent que les filles étaient levées. Deux sûrement, probablement Moses et Violette qui
dormaient côte à côte dans un petit lit simple
à l'étage. Chaque matin elles s'éveillaient au
premier grincement de la pompe à côté de
l'évier de la cuisine, puis se querellaient à
mi-voix sous l'édredon. Sarah tâta le dessus
du poêle pendant un moment, le sentit se
réchauffer lorsque le chêne enflammé commença à pétiller et à siffler. L'été était fini
donc. En une nuit la température était
devenue presque aussi froide qu'en hiver. Ce
matin les filles auraient besoin de manteaux

et de bas. Sarah avait eu de la chance : ses filles n'avaient porté que des chandails en septembre, bien que dans la rue, après le coucher du soleil, elle les ait vues s'accroupir dans leur jupe pour réchauffer leurs jambes nues.

Des pieds nus couraient sur le plancher froid de l'étage. Une paire de bas de laine brune lancée comme une balle rebondit dans l'escalier, suivie de Violette portant un veston d'homme par-dessus sa robe de nuit. Elle repêcha les bas sous la chaise sans dossier et les enfila.

— Puis-je couper le pain?

Sarah laissa tomber le couteau à côté du pain sur la table de bois et fit demi-tour, mais elle regretta ensuite sa brusquerie. Violette descendait toujours la première et c'était elle qui coupait le pain le plus soigneusement. Quelquefois elle pelait les pommes de terre ou aidait Betty-Ann à s'habiller. Mais surtout elle aimait raconter des histoires, des histoires tirées des gros livres qu'elle lisait à l'école, pleines de sorcières et de génies à la chevelure aussi longue qu'une échelle. Elle ajoutait à ces histoires des couleurs et des rebondissements saisissants qui tenaient ses auditeurs sous le charme. L'institutrice de Violette habitait de l'autre côté de la rivière où l'on ne pratiquait pas de religion. Au

188

début Sarah craignait que ces histoires ne fussent païennes. Puis sa crainte devint du remords quand elle s'aperçut qu'elle-même prenait goût à ce déferlement de cercueils de verre, de tours de château, de baisers magiques et de chiens aux yeux en forme de soucoupes. Non que les repaires des lions et le feu des fournaises bibliques ne fussent suffisamment pittoresques. Mais son père avait entouré les récits de la Bible de reproche solennel et le poids du péché de l'Ancien Testament pesait lourd sur eux. Le moindre gredin passait pour un démon.

Sarah fourra une tranche de pomme de terre crue dans la bouche de Violette et dit :

— Ont-elles commencé à se disputer?

À cause des bas. Il n'y avait jamais assez de bas en bon état quand il faisait froid. Sarah tricotait aussi vite qu'elle le pouvait, mais elle ne pouvait empêcher les orteils et les talons des filles de percer la laine brune. Et il en manquait souvent une paire. Elle aurait aimé avoir un rouet magique comme celui du conte de Violette.

— Pas encore. Elles ne savent pas qu'il fait aussi froid.

Violette mesurait les tranches de l'oeil avant de couper la miche de pain. "Excepté Bowlie qui a dormi avec les siens. Scratch est venu dans la cour hier et lui a dit, confidentiellement, qu'il ferait terriblement froid cette nuit. Ne me demande pas comment il l'a appris." Bowlie portait ses bas jour et nuit durant l'hiver. Quand ils avaient des trous, elle se levait la nuit dès que ses soeurs étaient endormies et fouillait le tiroir du bureau pour y prendre la meilleure paire qu'elle remplaçait par ses bas troués. Pour se venger ses soeurs se moquaient de ses jambes arquées et l'appelaient "bow-legged" devant leurs camarades à l'école, Bowlie s'en fichait. C'était une enfant singulière, une originale qui avait formé un pacte bizarre avec le garçon maigre et déguenillé qu'elles appelaient Scratch. La plupart des gens de la petite ville tenaient Scratch pour un démon, mais Sarah et Bowlie respectaient son omniscience.

— Quelqu'un de malade aujourd'hui?

— Non. Lulu pleure comme d'habitude.

Le branle-bas augmentait à l'étage. Avec reniflements et pleurnichements cette fois. Lulu pleurait toujours le matin parce que ses voisines de lit la pinçaient pour la réveiller.

Sarah pompa de l'eau dans un bassin qu'elle porta dans l'étroite salle de bains en arrière de la maison, où les plus âgées se lavaient et appliquaient leur rouge à lèvres.

Un jeune chat illustrait le calendrier suspendu au mur de la salle de bains. Le feuillet de septembre avait été arraché. La lettre de Ben annonçait qu'il viendrait par le train autour du quinze. Il n'était pas venu à la maison depuis plus de neuf mois. Il était arrivé quelques jours après Noël en se plaignant qu'on l'ait retenu à l'ouvrage. Sarah n'avait pas cru que la Compagnie pétrolière de l'Alberta faisait travailler ses employés le jour de Noël. Ce retard avait seulement augmenté l'excitation des filles. Quand il était apparu, avec des bas de soie pour Alma, Esther et Catherine, et des manchons de fourrure pour les plus jeunes, elles avaient passé le reste de la soirée assises sur ses genoux, chacune leur tour. Sauf Betty-Ann qui ne reconnaissait pas son père. Cette fois il apporterait encore des cadeaux mais il repartirait avant Noël. Cette année les filles se contenteraient de noix et de bonbons, de mitaines et de bérêts tricotés à la maison.

Lorsque Sarah revint à la cuisine, Violette taillait la croûte d'une des tranches de pain. Elle les avait découpées en carrés, en triangles et en cercles, et disposées en un joli motif sur la table. Tout était jeu pour elle. Pourquoi Sarah, elle, n'avait-elle pu apprendre à jouer comme une enfant? Son père l'avait réduite en esclavage dès qu'elle avait su pomper de l'eau et mémoriser les versets de la Bible; et maintenant Ben, qui

191

avait servi dans l'armée à l'étranger, ne pouvait pas supporter les limites de leur vie étriquée.

La colère de Sarah déborda comme une soupe au lait.

— Violette, je t'ai demandé de ne pas enlever les croûtes de pain.

— Rien qu'une, maman! Lisa laisse toujours les siennes de toute façon. Aussi bien les ôter d'avance.

— Je mange toujours les croûtes de Lisa.

— Prends-les alors.

Violette ramassa le petit tas de croûtes dans ses mains et le tendit à sa mère. Sarah eut envie de saisir brusquement les poignets de Violette et de les serrer jusqu'à ce que ses doigts s'ouvrent et que les croûtes tombent sur le plancher. Au lieu de cela, elle indiqua du regard l'étagère à côté de l'évier et dit :

— Mets-les dans ma tasse. Je les ferai tremper dans mon café... et apporte-moi les assiettes.

Elles entendirent le sifflet du train à l'instant où le soleil éclatait sur la bordure dorée de la tasse que Ben avait donnée à Sarah en cadeau de Noël. Placée sur le rebord de la fenêtre au-dessus de l'évier, elle n'avait jamais servi. Sarah se tenait devant le poêle et remuait un mélange de pommes de terre, de lard et d'eau dans deux grandes casseroles noires. En entendant le train, elle s'immobilisa et regarda à la fenêtre. Violette était là; elle se lavait. L'enfant pencha sa figure ruisselante vers l'étoile d'or sur le bord de la tasse à thé, puis tendit sa main humide dans le rayon de soleil pour voir si la lumière mettrait des étoiles aux gouttelettes suspendues aux bouts de ses doigts.

Sarah retourna à ses marmites. Violette essuya sa figure.

— Quand est-ce que papa va venir?

Sarah n'avait parlé à personne de la lettre, mais les filles commençaient toujours à s'informer de leur père un peu avant ses visites.

— Bientôt.

Elle s'avança au pied de l'escalier et appela :

— Les filles!

La dernière fois que Ben était venu, Sarah avait insisté pour qu'il dorme sur le sofa décrépit de l'alcôve attenant à la cuisine. Betty-Ann avait coutume de dormir avec elle dans le lit double de la chambre arrière de la petite maison, avait-elle plaidé. On ne pouvait espérer que la petite fille couche seule dans un endroit auquel elle n'était pas habituée. Mais Ben avait donné un sou neuf et brillant à Betty-Ann et l'astuce avait aisément déjoué Sarah. La chance aidant, elle n'avait pas été enceinte la dernière fois que Ben était venu à la maison, ni les deux fois précédentes. Elle ne voulait plus être enceinte, plus jamais.

Pendant vingt-six ans il l'avait reléguée à cette cambuse alors que son travail lui permettait de passer de longs mois au loin, le ramenant par le train juste assez longtemps pour l'engrosser et semer des étoiles dans les yeux de leurs filles. Ils avaient eu deux fils et les douze filles : le premier et le second enfants étaient des garçons. Dès qu'ils en avaient eu l'âge, leur père leur avait trouvé du travail à la compagnie pétrolière. Maintenant Sarah les voyait moins souvent qu'elle ne voyait Ben. Les garçons n'aimaient pas cette maison trop peu spacieuse et remplie de filles.

"Oh! emmène-moi, Ben. Prends-moi avec toi." Sarah posa sa main sur le chignon serré sur sa nuque, un chignon lisse, sans vie, qu'elle ne pouvait voir durant la journée mais qui, la nuit, devenait devant le miroir un flot juvénile de lumière rousse sur sa poitrine. Quand Ben était à la maison, elle éteignait la lampe avant qu'il ne puisse le remarquer. Sarah aperçut le sofa et se demanda comment elle persuaderait son mari d'y dormir cette fois. Maintenant que les trous et les bosses avaient disparu, peut-être que... En mai elle était allée voir Kaminsky, un marchand qui vendait et réparait des meubles. Sa tête chauve et ses sourcils touffus rappelaient à Sarah le génie du livre de Violette.

— Combien pour rafistoler mon vieux sofa rouge?

— Cinq dollars, si vous voulez des ressorts neufs.

Cinq! C'était beaucoup d'argent de moins pour l'épicerie. Violette ramassait des sous dans une boîte de cigares vide...

— Deux pour la bourre et pour mon temps.

— Laissez faire les ressorts. Qui a besoin de ressorts?

Quelques jours plus tard, Kaminsky était à sa porte, un énorme sac sur l'épaule. Tandis qu'elle repassait ses petites robes de coton, il en retira des vieux vêtements — des vieux vêtements tout à fait présentables — et de la paille qu'il fourra dans le siège et le dossier du divan. Contrairement aux autres marchands de la ville, qui se montraient trop amicaux et perdaient leur temps à potiner, Kaminsky était un homme froid et hautain. Il plissa les yeux quand elle lui donna les deux dollars; il avait à peine prononcé un mot pendant son travail. Lorsqu'il était parti, après avoir refermé les coutures à l'aide d'une grosse aiguille, Sarah s'était sentie comme après l'apparition d'un dieu. On entendit un grand coup et un gémissement dans la chambre du haut et le claquement de tiroirs impatiemment remués.

— Les filles! appela Sarah une deuxième fois.

Elle discernait un autre bruit assourdi quelque part; dans la cave, pensa-t-elle d'abord.

— Le diable est à la porte, marmotta-t-elle.

Mais ensuite elle s'aperçut que ce bruit venait du placard sous l'escalier. Violette y inspectait les manteaux, probablement dans le but d'accaparer le meilleur avant que ses soeurs ne descendent. Elle émergea avec un joli manteau, beaucoup trop grand pour elle.

— Il y en a seulement huit, annonça-t-elle, deux ou trois d'entre eux empilés sur son bras.

— Il y en a d'autres dans la garde-robe de ma chambre.

— Le professeur nous a raconté une histoire hier, dit Violette pendant qu'elle et Sarah triaient les huit manteaux dans l'étroit passage entre la cuisine et les chambres arrière.

— Il y avait une fois un poisson qui pouvait parler. Il était tout à fait (elle fit une pause, une main dans une des poches d'un manteau) formidable, dit-elle comme si elle avait trouvé le mot dans cette poche. Il y avait aussi un pêcheur et sa femme qui étaient très, très pauvres et qui vivaient dans une horrible vieille cabane. Un jour, l'homme rencontre le poisson dans l'océan qui... non, il ne rencontre pas le poisson, il l'attrape. Et le poisson dit — je pense que ce poisson était magnifique avec ses écailles dorées — : "Si tu me laisses la vie, je réaliserai un de tes souhaits".

Violette fronça les sourcils et sa voix résonna comme à travers des bulles liquides. Sarah grattait une tache sur un des manteaux et elle s'efforça de ne pas rire.

— Alors l'homme le relâcha. Moses dit qu'il faut être idiot pour croire qu'un poisson peut réaliser des souhaits; mais je crois que si un poisson peut parler, je veux dire : parler anglais, c'est évidemment un magicien.

Moses était une enfant pieuse, pratique et vieux jeu, le contraire de Violette par conséquent. Moses n'allait jamais nulle part sans la branche taillée qui lui servait de canne et, le dimanche, sans une bible sous le bras. Son vrai prénom était Rose.

— Alors le pêcheur demanda à sa femme quel souhait il pourrait faire et elle lui suggéra de demander une nouvelle maison. L'homme retourna en mer demander une nouvelle maison. Il devait d'abord réciter un petit poème. Et quand il revint à la maison, la cabane était devenue une belle demeure et sa femme y était installée. Mais elle le poussa à exprimer au poisson des souhaits de plus en plus extravagants, si bien qu'ils finirent par habiter un immense château. Un peu plus tard la femme du pêcheur souhaita qu'ils deviennent les seigneurs de la lune et du soleil. Quand l'homme confia ce voeu au poisson, le poisson lui dit, comme toujours : "Rentre chez toi". Lorsque le pêcheur rentra chez lui, le château était redevenu une cabane.

— Laisse ce manteau pour Anna, Violette. Il ne te va pas.

— Mais tu sais la fin de l'histoire, maman? Un jour, l'homme retourne sur la plage et trouve le poisson mort sur le rivage. Il l'ouvre avec son couteau et devine ce qu'il voit...

— Des boyaux.

— Non. Un oeuf d'or.

— Tu inventes ça, Violette. La semaine dernière tu m'as raconté que c'était une oie qu'on éventrait pour trouver des oeufs d'or.

— C'est vrai, le pêcheur me faisait pitié.

À l'autre bout de la ville, le sifflet du train résonna encore une fois. Une à une les filles entrèrent dans la cuisine pour se laver à l'évier et manger des pommes de terre salées et détrempées, et du pain beurré de lard. Une fois qu'elles furent toutes descendues, Violette, qui ne déjeunait jamais, monta s'habiller; ainsi avait-elle le miroir de la commode à sa disposition. Elle avait apporté un manteau. Betty-Ann, les joues luisantes de lard chaud, la suivit vers les nombreux lits où se mêlaient des senteurs de parfums à l'odeur d'urine.

— Quand est-ce que papa va venir?

— Bientôt.

Clac! la cuillère de bois frappait le fond de chaque assiette pendant que Sarah distribuait les pommes de terre. Elle n'était jamais allée nulle part en train avec Ben. Il avait emmené Joseph et Ben junior en train; les aînées avaient toutes, à un moment ou un autre, effectué un voyage à Winnipeg, dissimulées dans un fourgon. Le printemps dernier, la rumeur s'était répandue dans la rue qu'Anna avait obtenu du serre-frein, contre ses faveurs, une balade en locomotive. Sarah, elle, n'avait pas pris le train depuis ses treize ans alors que sa mère l'avait emmenée à la ville pour fuir une épidémie de variole. Combien de trains fallait-il prendre avant d'atteindre l'océan? Ces temps-ci, Sarah ne se rendait pas plus loin que Emerson ou Saint-Joseph où des voisins l'emmenaient dans leur Packard. Elle ne s'absentait jamais longtemps. Il semblait dangereux d'abandonner une maison survoltée par douze femelles.

Une à une les enfants achevèrent de déjeuner et, après que Sarah eut vérifié si leurs vêtements étaient tachés ou déchirés, les plus jeunes filèrent à la salle de bains où Catherine et Esther nattèrent leurs cheveux. Sarah brossait elle-même les boucles de Lulu. La petite avait deux ans environ lorsqu'elle s'était frappé la tête sur un tuyau de poêle brûlant, un de ces mauvais soirs où ses soeurs, l'une après l'autre, la faisaient rebondir comme une balle autour de la cuisine. Ses cheveux n'avaient jamais repoussé à cet endroit. Sarah s'assurait chaque matin que la cicatrice était bien couverte.

— Et les bas? fit-elle à l'oreille de Lulu en murmurant pour ne pas attirer l'attention.

— Il en manque un, chuchota Lulu sur le même ton. Alma n'en a qu'un.

— L'a-t-elle coupé en deux?

— Non. Elle a mis les bas que papa lui a donnés.

Ordinairement, seules Catherine et Esther portaient leurs bas de soie parce qu'elles avaient un emploi et qu'elles étaient toutes les deux fiancées.

— Je vais tricoter en diable ce soir.

Une sorte de frénésie culminait dans la cuisine maintenant que tout le monde était restauré et habillé, ravigoté par la perspective d'une course dans l'air froid, tout le monde étant prêt à s'envoler comme autant de ballons insouciants. Debout au comptoir à côté de l'évier, Sarah faisait glisser les restes spongieux de pommes de terre dans une autre assiette, la sienne, et voguait par la pensée sur un océan rempli de poissons magiques. Elle était le pêcheur et non la vieille femme dans son horrible cabane, et la surface brillante de l'océan lui promettait quantité de beaux oeufs d'or. À son coude, l'eau fraîche et écumeuse de l'évier ondulait au rythme des bourrades et des pas des enfants derrière elle. Des vagues sur son océan.

— Maman, il n'y a pas assez de manteaux.

Violette se tenait juste à l'entrée du passage à l'autre bout de la pièce. Sa voix couvrait les autres voix.

Qui?... Bowlie était assise sur le vieux sofa et l'expression de son visage révélait son intention de se rendre à l'école, sans manteau si cette conclusion s'imposait. Elle portait sa robe à fleurs préférée, à manches courtes, et des bas bruns propres. Les autres filles avaient revêtu des manteaux de laine bleu marine, vert foncé, noirs, chocolat et marron. Catherine avait acheté son propre manteau l'hiver dernier; elle noua une écharpe jaune autour de son cou et quitta la maison.

La chambre à coucher de Sarah était sombre, froide et paisible. L'intimité de la garde-robe était attirante. Plusieurs fois au cours de ces années, elle avait sursauté lorsqu'après le tumulte de la mise au lit des enfants, en ouvrant la porte pour y suspendre sa robe, elle avait trouvé une fille blottie à l'intérieur, étreignant une poupée ou suçant un os de poulet.

Trois manteaux étaient suspendus dans la garde-robe, le sien et deux petits manteaux à peine assez grands pour Molly et Betty-Ann qui n'allaient pas encore à l'école.

Sarah retourna à la cuisine. Quand elle apparut, les mains vides, les enfants firent silence. Puis les plus jeunes commencèrent à s'énerver au cas où elles perdraient, d'une manière ou d'une autre, les manteaux qu'elles portaient déjà. Violette dit :

— Maman, si tu permettais à Alma ou Esther de mettre ton manteau, aujourd'hui seulement, on en aurait assez.

Sarah regardait fixement Bowlie sur le sofa. Céder son propre manteau?

— Et demain? Je n'ai pas assez d'argent pour acheter un manteau. Et qu'est-ce que ça changerait? Puis mon manteau est noir, bien trop grand et bien trop lourd. Alma aurait l'air du diable là-dedans!

— On pourrait en emprunter un ce soir. Prête-le-nous seulement pour la journée.

— On n'empruntera pas de vêtements aux voisins! J'ai besoin de mon manteau! Il faut que j'achète de la laine pour les bas et que j'aille au bureau de poste. Il pourrait y avoir... il pourrait y avoir une lettre de votre père.

— Tu pourrais aller au bureau de poste après notre retour de l'école.

— Je ne resterai pas ici sans mon manteau!

Sarah répondait à Violette mais elle s'adressait à Bowlie toujours assise sur le sofa. Lulu et Molly se mirent à pleurer.

— Bon, qu'est-ce qu'on fait alors?

Bowlie, elle, ne pleurait pas. Elle formait un paisible bouquet de fleurs sur arrière-plan de drap rouge. Sarah saisit le couteau à pain qui gisait encore dans un fouillis de miettes sur la table du déjeuner.

— Je sais où trouver un manteau.

De la main gauche Sarah délogea Bowlie du sofa; de la droite, elle plongea le couteau dans la couture au milieu du dossier. Elle tailla le drap rouge jusqu'à ce que de la paille et de la bourre jaillisse de la déchirure. Pas d'oeufs en or, point d'émeraudes ni de couronnes, pas même un carré de soie. Quel trésor surgirait de ce coffre pour empêcher Bowlie de prendre froid en ce matin d'automne? Sarah enfonça un bras dans l'ouverture et en sortit des laizes de coton, d'indienne et de feutre qui sentaient le moisi, des chemises effilochées, des moitiés de jupes, des manches de robes, des pantalons rapiécés. Les yeux des enfants s'agrandirent et brillèrent devant la soudaine inspiration de leur mère. Elles s'approchèrent de plus en plus près à mesure que le coffre au trésor livrait ces débris qui avaient appartenu à des étrangers. Enfin Sarah retira un paquet de laine verte, lequel, une fois secoué, ressemblait à un manteau.

— Il est tout chiffonné, dit Moses de sa voix basse de vieille femme.

Sarah l'ajusta aux épaules de Bowlie.

— Il est peut-être un peu court, mais il va faire en attendant que ton père apporte de l'argent à la maison.

Tandis que les filles drapaient sur elles cette mosaïque de bouts d'étoffes, une manche de robe dépareillée par ci, une jambe de pantalon de tweed par là, Sarah sortit la planche à repasser d'un placard et apporta un des fers mis à chauffer sur le poêle. Violette enleva les brins de paille du vieux manteau "neuf". "Je viens de me rappeler ce vêtement, se dit Sarah en promenant le fer sur le tissu vert. C'est curieux qu'on puisse se rappeler quelque chose qu'on ne pensait même pas savoir."

Par groupes de deux ou trois, les filles quittèrent la maison, poussant des cris le long de la rue pour saluer le froid nouveau. Scratch était adossé à un érable devant la cour et fumait un mégot de cigarette ramassé dans la rue. Bientôt il ne resta plus que Violette et Bowlie dans la cuisine.

— Il nous apporte des tasses de

fantaisie comme si on était des princesses et qu'on vivait dans un château...

Le fer de Sarah heurta la planche et elle arracha les brins de paille pris dans la trame du tissu. Assises à table, le menton dans les mains, Violette et Bowlie rêvaient éveillées.

Enfin Bowlie revêtit le manteau. Il y manquait un bouton et les manches ne couvraient pas tout à fait les os de ses minces poignets. Elle ouvrit la porte de la cuisine et se tint un instant debout dans l'air froid, à observer Scratch qui tirait des petites bouffées du mégot.

— Qu'est-ce qu'il y a pour souper? demanda Violette.

— Du poisson.

— S'il parle, écoute-le.

Sarah se plaça devant la fenêtre pour voir les filles quitter la cour. La vitre était embuée à présent et elle dut essuyer la vapeur avec la main. Dans un mois à peine, une couche de glace se formerait sur la vitre et il faudrait en approcher un fer chaud pour la faire fondre; et elle pourrait observer le va-et-vient dehors en lavant la vaisselle. Le soleil était maintenant plus haut et plus brillant; Sarah pouvait voir luire un brin de paille dans les cheveux foncés de Bowlie. Les autres filles formaient un chapelet de billes colorées le long du chemin. Elles portaient toutes des bas de laine brune. Violette marchait seule à la queue, la tête inclinée de façon à ce que son visage capte le soleil. Son manteau, un peu trop long, lui battait les genoux. Le sifflet retentit une dernière fois pendant que le train faisait le plein d'eau, puis disparaissait dans un nuage de fumée.

Table des matières

Publications des Éditions des Plaines

EDUCATION